甲骨文"豕"，选自国家图书馆藏甲骨文献

亥猪拱福

佳联赏析

国家图书馆
中国楹联学会 编

国家图书馆出版社

图书在版编目（CIP）数据

佳联赏析 : 亥猪拱福 / 国家图书馆, 中国楹联学会编.
-- 北京 : 国家图书馆出版社, 2019.1
　　ISBN 978-7-5013-6653-8

　　Ⅰ.①佳… Ⅱ.①国… ②中… Ⅲ.①春联－文学欣赏－中国
Ⅳ.①I207.6

中国版本图书馆CIP数据核字(2018)第302245号

书　　名	**佳联赏析——亥猪拱福**
著　　者	国家图书馆　中国楹联学会　编
责任编辑	王燕来
装帧设计	爱图工作室

出　　版	国家图书馆出版社（100034　北京市西城区文津街7号） （原书目文献出版社　北京图书馆出版社）
发　　行	（010）66114536　66126153　66151313　66175620 66121706（传真）　66126156（门市部）
E-mail	nlcpress@nlc.cn（邮购）
Website	www.nlcpress.com→投稿中心
经　　销	新华书店
印　　装	天津图文方嘉印刷有限公司
版　　次	2019年1月第1版　2019年1月第1次印刷

开　　本	710×1000毫米　1/16
印　　张	11.5

书　　号	ISBN 978-7-5013-6653-8
定　　价	32.00元

编委会名单

主　编：饶　权

副主编：张志清　　蒋有泉　叶子彤　刘太品　陈红彦　谢冬荣

编　委：萨仁高娃　赵大莹　曹菁菁　李　坚　李　慧　赵爱学
　　　　宋　凯

撰稿人（以姓氏笔画为序）：

丁明玉	卜用可	王同岁	王雪源	王瑞华	吕可夫
吕淳民	朱荣军	乔中兴	刘养启	许文富	孙付斗
孙汝瑛	杨利民	杨铁良	杨新立	李家桥	李群懿
苏　俊	肖检生	吴广波	吴岱宝	吴爱芹	何智勇
宋　领	张久生	张兴贵	张志强	张修顺	苗云泽
周广征	周黎霞	郑泽宇	房家维	赵继杰	胡小敏
钟　宇	钟建冬	钟胜天	耿战浩	贾雪梅	殷子勇
龚　飞	章勤玲	康永恒	梁　健	梁　璞	葛永红
董文学	曾小云	廖泽华	潘可玉		

编　务：朱默迪　郭　静　廖甜添　董　静　谢　非　张　晨
　　　　胡静伟　颜　彦　彭文芳　吴　密　孙　俊

2019年节气

小寒	1月5日（十一月三十）	小暑	7月7日（六月初五）
大寒	1月20日（十二月十五）	大暑	7月23日（六月二十一）
立春	2月4日（十二月三十）	立秋	8月8日（七月初八）
雨水	2月19日（正月十五）	处暑	8月23日（七月二十三）
惊蛰	3月6日（正月三十）	白露	9月8日（八月初十）
春分	3月21日（二月十五）	秋分	9月23日（八月二十五）
清明	4月5日（三月初一）	寒露	10月8日（九月初十）
谷雨	4月20日（三月十六）	霜降	10月24日（九月二十六）
立夏	5月6日（四月初二）	立冬	11月8日（十月十二）
小满	5月21日（四月十七）	小雪	11月22日（十月二十六）
芒种	6月6日（五月初四）	大雪	12月7日（十一月十二）
夏至	6月21日（五月十九）	冬至	12月22日（十一月二十七）

2019年节日

元旦	1月1日（十一月二十六）	端午节	6月7日（五月初五）
腊八节	1月13日（十二月初八）	建党纪念日	7月1日（五月二十九）
小年	1月28日（十二月二十三）	建军节	8月1日（七月初一）
除夕	2月4日（十二月三十）	抗战胜利纪念日	9月3日（八月初五）
春节	2月5日（正月初一）	教师节	9月10日（八月十二）
元宵节	2月19日（正月十五）	中秋节	9月13日（八月十五）
妇女节	3月8日（二月初二）	烈士纪念日	9月30日（九月初二）
世界读书日	4月23日（三月十九）	国庆节	10月1日（九月初三）
劳动节	5月1日（三月二十七）	重阳节	10月7日（九月初九）
青年节	5月4日（三月三十）	国家宪法日	12月4日（十一月初九）
儿童节	6月1日（四月二十八）	国家公祭日	12月13日（十一月十八）

　　习近平总书记于 2014 年 1 月 22 日在北京人民大会堂同各民主党派中央、全国工商联负责人和无党派人士代表欢聚一堂、共迎新春之时，口诵了以下两副春联，以表示新春的祝福：

　　骏马追风扬气魄；
　　寒梅傲雪见精神。

　　按生肖属相，2014 年为马年。上联以"骏马追风"起句，直奔主题，一展其"愿得侧翅附鸿鹄，追风掣电凌太空"之气概与魄力。下联，由动入静，以"寒梅傲雪"应对，赞颂"梅花香自苦寒来"、傲立霜雪而不畏严寒之品质与精神。联语积极向上，扣人心弦，引发读者共鸣。

　　昂首扬鬃，骏马舞东风，追求梦想；
　　斗寒傲雪，红梅开大地，实现复兴。

　　上下联起句"昂首扬鬃""斗寒傲雪"，分别形象地描述骏马意气昂扬、超逸纵横之姿态，与红梅不屈不挠、挺立绽放之丰姿。"东风"，喻春风，联语中既指时令之春风，亦喻改革开放之春风。结句则融入强烈的时代气息，表达了人们追求、实现中华民族伟大复兴中国梦的崇高使命感。联语对仗工稳，颇具感染力。

骏马追风扬气魄

寒梅傲雪见精神

2

佳联赏析

昂首扬鬃骏马舞东风追求梦想

斗寒傲雪红梅开大地实现复兴

湘人李麓敬书

3

社会主义
核心价值观楹联

富强

大业逢春花千树；
小康圆梦富万家。

民主

功业千秋民做主；
江山万里国如家。

文明

廿四句德音嗣响；
五千年正气如虹。

和谐

华夏和谐民有祚；
家庭美满业呈祥。

自由

畅所欲言民主地；
知无不尽自由天。

平等

自由国度民为本；
平等人权法在先。

公正

党风廉政民心顺；
政策公平国运昌。

法治

制度公平人为本；
国家正义法为绳。

爱国

家国牵心情不老；
江山入梦爱弥真。

敬业

勤似花中蜂酿蜜；
勉如梁上燕衔泥。

诚信

为人守信传家久；
处世惟诚立业长。

友善

爱驻心头春永在；
善行天下路犹宽。

我問礼運似
與老子同然
曰不是聖人書
胡明仲曰礼運
是子游所作與
記作子游而不
至如此淺近

禮運一篇子游所作其敘明有過高之意首章易流於柱子之失然亦子則
高虛高城礼法所以宮道此章首雄大道世而言風氣既開風俗阮流三代聖人於是制礼以持之

禮記卷第七

全二代之礼既失周礼又嚴壞所以為亂人君欲治天下則莫
大於礼積而至於大順則亦可以復大同之世矣

禮運第九　劉氏別錄屬通論作

蜡者索也歲十二月合聚萬物而索饗之亦祭宗廟時孔子仕

昔者仲尼與於蜡賓　禮記　鄭氏注

事畢出遊於觀之上喟然而嘆　仲尼之嘆蓋嘆魯也　孔子見
魯在助祭之中　魯君於祭禮有不備於此又觀象魏舊章之處感而嘆之

言偃在側曰君子何嘆　弟子子游　言偃孔子　**孔子曰大**

道之行也與三代之英丘未之逮也而有

志焉　大道謂五帝時也英俊選之尤者逮及也言不
及見志謂識古文不言魯事為其大切廣言之大道

之行也天下為公選賢與能講信脩睦　公猶
禪位授聖不
家之睦親也　共也

故人不獨親其親不獨子其子　孝慈

“大道之行也，天下为公”，选自国家图书馆藏宋淳熙四年（1177）抚州公使库刻本《礼记》

目　录

选自国家图书馆藏宋嘉定十年（1217）当
涂郡斋刻嘉熙淳祐递修《四书章句集注》本
《孟子集注》

楹联文化与春联习俗

对联，雅称楹联，是用独立使用的对偶句来表达特定思想内涵的一种文体形式。楹联文体是民族传统文化百花园中的一朵奇葩，为中华文化所独有。从宏观角度看，因为楹联与书法、建筑等艺术形式相互交融，与民俗、宗教等文化联系密切，所以楹联早已超出了文体的概念，而上升为一种社会文化现象，也就是我们所说的"楹联文化"。

　　对联从文化本源上讲，它的形成依赖于两个因素，首先是中华传统文化所固有的阴阳对称的思维定式，必然会导致这种形式上相对、内容上相连的文学体式的产生。如《老子》所说"有无相生，难易相成，长短相形，高下相倾，音声相和，前后相随"。其次是汉字义、形、音合一的特性适于形成对偶，正如南朝刘勰在《文心雕龙》卷七《丽辞》中所说"造化赋形，支体必双，神理为用，事不孤立。夫心生文辞，运裁百虑，高下相须，自然成对"。

　　对联最初的萌芽，只是文人间为了争强斗智、矜巧炫博而进行的口头应对。此类应对以谐巧性为主要特色，最早的例子可以上溯到西晋太康初名士陆云（字士龙）与太子舍人荀隐（字鸣鹤）在文友张华家以应对作清谈的故事。《晋书》卷五十四《陆云传》："云与荀隐素未相识，尝会（张）华座，华曰：'今日相遇，

可勿为常谈。'云因抗手曰：'云间陆士龙。'隐曰：'日下荀鸣鹤。'鸣鹤，隐字也。"陆云是华亭人，华亭古名"云间"，"日下"原指京都。荀隐是靠近洛阳的颍川人，故称"日下"。"日下"对"云间"是地名相对，"荀鸣鹤"对"陆士龙"是人名相对。

比口头巧对更具代表性的对联形态是基于民间习俗的实用类对联，此类对联最初的形式是春联，最早产生于五代末年，据《宋史》卷四百七十九《西蜀孟氏世家》载："初，昶在蜀专务奢靡，为七宝溺器，他物称是。每岁除，命学士为词，题桃符，置寝门左右。末年，学士辛寅逊撰词，昶以其非工，自命笔题云：'新年纳余庆，嘉节号长春。'以其年正月十一日降，太祖命吕余庆知成都府，而'长春'乃圣节名也。"这副作于公元964年的春联是迄今可考的最早一副实用类对联，《宋史》卷六十六《五行志》也有相同的记载。在此以后，寿联、挽联、婚联、行业联、节令联等其他实用类对联都在宋代至明代的漫长岁月中陆续产生。

实用类对联是依附于民俗的实用性文体，作者只是出于生活习俗的需要，为了烘托渲染既定场所的气氛而被动写作，随着作者的增多以及创作实践的丰富，开始有作者主动使用这一新兴文体来抒情言志、模山范水和说理讽世，于是对联文体的最高级形态——文学类对联便得以产生。

通过上述分析，我们可以得出对联具有文学性、实用性和谐巧性这三种本质属性，而以这一结论为基础，我们可以进一步把古今对联分为文学类对联、实用性对联和谐巧性对联三个大类。

在"文学类对联"中，根据文学的普遍特性，其下可分成"说理类""写景类"和"抒情类"。"说理类"包括：励志联、修身联、处世联、治学联、惜时联、勤政联、治家联、交友联。"写景类"包括：山水联、园林联。"抒情类"包括：自题联、赠人联、杂题联。

在"实用类对联"中，根据具体的实用领域，其下可分成"节令类""行业类""庆吊类""室宇类"和"宗教类"。"节令类"包括：春联、农历节令联、公历节日联。"行业类"包括：政府部门联、公共事业联、教育联、文化娱乐联、商业联、服务业联、工矿企业联和农林牧渔联。"庆吊类"包括：婚庆联、寿诞联、挽联。"室宇类"包括：衙署联、书院联、会馆联、戏台联、故居联、居室联。"宗教类"包括：佛教联、道教联、基督教联、伊斯兰教联、民间人物祭祀联。

在"谐巧类对联"中，可分为"谐趣类""巧妙类""集联类"和"诗钟类"。"谐趣类"包括：讽刺联、滑稽联、无情对。"巧妙类"可分"字义巧对""字形巧对"和"字音巧对"。"集联类"包括：集字联、集诗句联、集词句联、集文句联、集俗语联、杂集联。"诗钟类"包括：嵌字格、分咏格。

对联文体的一般特点，可从字句对等、词语对仗、平仄对立、节奏对应、内容对称等方面来表述。

字句对等：上下联字数相等，若有多个分句的话，分句数亦要相等。如清代钟云舫上下联各五个分句19个字的春联：

过苦年，苦年过，过年苦，苦过年，年去年来今变古；
读好书，书读好，读书好，好读书，书田书舍子而孙。

词语对仗：联语中的词性基本相当，严格说起来便是名词对名词，动词对动词，形容词对形容词。如清代成多禄题澹园春联：

门迎白塔寺；

春满黄金台。

其中"门""春"为名词，"迎""满"为动词，后三字均为地名，且"白""黄"同为颜色词相对。

平仄对立：对联最低的要求是句尾声调平仄相对，一般是上联以仄收，下联以平收；更严格一些的要求，是要注意句腰处，即五字句第三字、七字句第四字的平仄相对；最高的要求是依照五七言律诗的句式，每两字一个音节，逢偶数字为音节点，同联中每个音节点平仄相交替，上下联之间音节点平仄相反。如传统春联：

燕语雕梁，年来岁月何曾异；

花明绮陌，春至风云自不同。

上联的平仄格式为"仄仄平平，平平仄仄平平仄"；下联的格式为"平平仄仄，仄仄平平仄仄平"。

节奏对应：指上下联句式节奏相对应，如传统春联：

松竹梅岁寒三友；

桃李杏春风一家。

此联虽是七言句式，但却不同于一般的四三节奏，而是不常见的三四节奏；再进一步区分，在前三字中，上下联均是三种独立的事物，每一个字为一个节奏。

内容对称：指上下联内容上要相匹配，以共同服务于一个主题，不可上下联内容互不相干，也不宜上联内容极大，下联内容却甚微。

梅为迎春先争艳；

鸟因报喜早放喉。

上联说植物，下联说动物，上下联非常和谐地表达了迎春这一主题。

最早出现的楹联是春节使用的春联，但从明末到清

代的发展过程中，从春节一天使用的春联，慢慢衍生出其他节日、节气、时令使用的对联，这类对联统称为"节令联"。

除春联外的节令联是元宵联，早在南宋就出现了。元代《隐居通议》载：贾似道在扬州时，上元日命客摘古句作灯门联："天下三分明月夜，扬州十里小红楼。"其后，元宵节花灯联语演化成了一种习俗，传世的元宵联作品也异彩纷呈，数量很多。

随着时代发展，对联逐渐与各个时令、节日、节气都发生了联系，春夏秋冬有"季节联"，一年十二个月连同闰月有"月份联"，所有农历节令、民俗节日和二十四节气，都有了自己的专属楹联。发展到现当代，几乎所有的公历节日、纪念日，也都产生了相应的楹联，形成了一个庞大的节令联的家族。

春联虽然只是多种对联门类中的一种，但在对联家族中却具有十分重要的地位，这主要是因为春联是实用类对联中产生最早的门类，同时也是作品存世量最大、适用场合最广、作者与读者数最大的对联门类。

除了对联文体一般的特点外，春联也有着自己的一些特殊性。春联不同于其他对联的特点可以归纳为以下几点：

从长短来说，春联一般以短联为主。春联作为一种实用文体，受到使用场合，即门和楹柱空间的很大限制，这使得春联一般以五、七言的短联为主，长者一般不超过两个分句。超过三个分句以上的春联在古今春联中所占比例极小，一般是作者为营造特殊效果而故意使然。

从语言来说，春联一般以平易为主。春联的功用在于烘托节日氛围，所以在语言风格上要求浅显易懂，以

便路人不须驻足研读便能一目了然。传统春联中除了姓氏春联要嵌入本姓历史名人的一些生僻典故、王公贵族春联故意堆砌一些华贵高古的辞藻以外，绝大部分春联都力求清新活泼。

从意境来说，春联一般以渲染节日喜庆气氛为目的，表达迎新喜悦和对幸福生活的祈盼，除了有意表现个性或发泄负面情绪的个别事例外，古今春联一般都要以昂扬向上的格调，表现积极进取的精神，以强化喜庆祥和的气氛。

春联在对联文体中最能反映时代风貌，甚至直接反映当时重大政治、文化及社会事件，具有极强的时代性，从内容甚至从措辞上都能感受到明显的时代烙印。好的春联应该扣紧时代脉搏，捕捉时代气息，反映时代新声。

春联分为通用春联与专用春联二类。专用春联又可从使用地点（居室、厨房等）、使用场合（家庭、商肆等）、创作手法（生肖、干支等）和具体时代（清代、民国等）来细加分类。

通用春联：通用春联是适合各类场合、地点、人物及时代的春联，这是最为常见的春联种类。通用春联内容以描绘春天景色、表达新春祝福为主，有些通用春联可以沿用上百年而常用常新，如：

又是一年芳草绿；

依然十里杏花红。

居家春联：居家春联是适用于社会各阶层民众家庭的春联，根据庭院建筑格局和区域功能，居家春联可细分为大门春联、重门春联、后门春联、主房春联、客厅春联、卧室春联、闺房春联、书房春联、厨房春联、厕所春联、鸡舍春联、猪栏春联……

行业春联：行业对联原由春联发展而来，在行业对联中，除体现本行业特点的内容之外，还有明显的迎春色彩的对联，我们称之为行业春联。

生肖春联：生肖春联是我国传统的"十二生肖文化"与春联文化结合的产物，清代赵翼《陔馀丛考》"十二相属起于后汉"条说：

> 盖北俗初无所谓子丑寅之十二辰，但以鼠牛虎兔之类分纪岁时，浸寻流传于中国，遂相沿不废耳。

据考十二生肖的说法当源于先秦，定型于汉代，东汉王充《论衡》中已有了完备记载。在某一生肖的春节，贴上以该生肖动物为主题的一副春联，会使人感到格外贴切，同时还会使人感受到一种轻松愉快的气氛。

由现存的一些生肖春联来看，文辞一般比较浅近。考虑到从清代梁章钜《楹联丛话》到民国胡君复《古今联语汇选》等书均未见此类联语，可以推测生肖春联可能兴起于晚清及近代，作者也多为民间文士。

干支春联：干支春联是依照干支纪年法，把每年干支的两个字嵌入联语之中所形成的一类春联。明代李开先的春联作品中有不少是含有干支文字的，但他一般不把干支分嵌于上下联的对应位置。把干支的两个字分嵌于上下联特定位置的作法始于清代，清末民初较为盛行。清梁章钜《楹联丛话·杂缀》载：

> 京师宦宅所制春联，每喜以本岁干支分冠于首。如"乙未"云："乙近杏花袍曳紫；未匀柳色绶拖黄。""丁酉"云："丁岁观光惭国士；酉山探秘识奇书。"皆有凑泊痕迹，莫如"戊寅"岁一联云"吉日维戊；太岁在寅"为自然也。

民国初年吴恭亨《对联话》卷十三《杂缀》载：

丁未岁首，门人胡季庵盛汶撰春联云："丁此时艰须努力；未应国事竟灰心。"嵌字毫无痕迹，此由才大。予亦有甲辰岁春联云："甲攘东陲，黄海有警；辰拱北极，紫微先春。"盖日俄之役，以吾鄙为战地，甲辰、乙巳其最剧烈时代也。

此类对联当代亦偶有为之者。1991年北京电视台"金色时光"专栏开展新年征联，要求在上下联对应处嵌"一九九一"和"辛未"，北京大学白化文教授为活动写了一副示范作品，联语云：

一市九衢，辛盘璀璨重光岁；

九瀛一统，未雨绸缪两岸心。

干支春联原系文人笔墨游戏，特别是因为天干地支构词颇为不易，所以联语难免生词僻典，没有相当功力巧思，不宜仿作。不过干支春联也有一个显而易见的好处，就是十分切合年份，读者对于该年份的干支纪年可以一目了然。

姓氏春联：姓氏春联是在联语中暗含主人家姓氏所形成的一类春联，一般以颂扬该姓氏历史名人为主。在联语中切入姓氏，这种做法由来已久，据相关记载可以上溯到宋代。姓氏春联一般可作为大门春联，也适于作家族祠堂的春联。

名人春联：名人春联属于可以查证到作者的一类"个性化春联"。作者用春联的形式抒发情感、表达见解，主观意愿较强，不太具备通用性质。

谐趣春联：谐趣春联也是一种个性化春联，此类春联只是借用春联的形式，表现的却是幽默诙谐的情调。有些谐趣春联有明确的作者，有些则出于后人的伪托和编造。

总之，在中国传统年节习俗中，"贴春联"是其中影响最广泛、数量最庞大、历史最悠久的组成部分。新春伊始，无论城市乡村，家家户户总要贴上新的春联，以示辞旧迎新。千家万户写春联，贴春联，是千百年来流传下来的象征吉祥、表达人们向往美好生活的民族习俗，是世界民俗文化中的一道奇观。当代学者周汝昌先生说："春联是举世罕有伦比的最伟大、最瑰奇的文艺活动。"

2006年5月20日，国务院公布了518项第一批国家级非物质文化遗产名录，其中"楹联习俗"名列第510项，遗产分类为民俗，遗产编号为X-62。其实，楹联习俗并不仅仅只是一项传统文化遗产，楹联文化还是一种处于不断发展，甚至可以说处于上升阶段的文艺形式，在现代社会条件下依然呈现出勃勃生机。相信随着民族传统文化地位的不断提升，楹联文化必将会在新的时代里，迈向一个新的高峰。

（刘太品）

猪 年 与 对 联

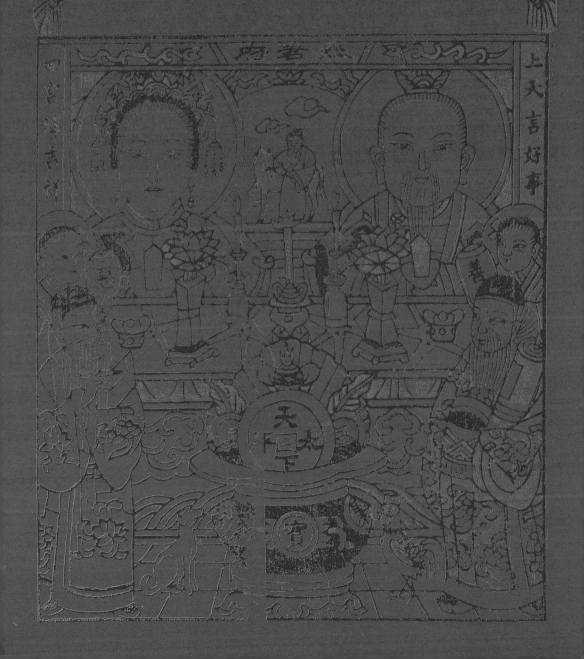

旧的一年，连同我们期间所经历过的喜怒哀乐，都将翻页过去。新的一年，总是带着无限的生机与希望来临。即将到来的生肖年，是给人带来喜感的猪年。

猪是杂食类哺乳动物，家猪是野猪被人类驯化后所形成的亚种。中华民族是较早饲养家猪的族群，河姆渡遗址曾出土距今约7000年的陶猪，吻部前突，四肢短小，形象憨态可掬。猪在中华传统文化中占据较为重要的位置。早在殷墟甲骨上即已出现表示猪的"豕"字，汉字的"家"字即由房屋和猪组成。猪作为传统的五畜（牛、犬、猪、羊、鸡）之一，又是十二生肖之一，所以，明清以来有不少围绕猪的春联和其他形式的奇联妙对。

最早与猪有关的春联，据传是明太祖朱元璋为一家阉猪的人家所题写，清初浙江德清人陈尚古的《簪云楼杂说》载：

> 春联之设，自明孝陵昉也。帝都金陵，于除夕忽传旨，公卿士庶家，门上须加春联一副。帝亲微行出观，以为笑乐。偶见一家独无，询知为腌豕苗者，尚未倩人耳。帝为大书曰："双手劈开生死路；一刀割断是非根。"投笔径出，校尉等一拥而去。嗣帝复出，不见悬挂，因问故，云："知是御书，高悬中堂，燃香祝圣，为献岁之瑞。"帝大

喜，赉银三十两，俾迁业焉。

当然，这类出于野史杂记类的民间故事，并不能当成真正的史实来看待，《四库全书总目提要》也明确指出"是编杂记琐闻，多涉语怪"。事实上明初还处在偶然在桃符和春帖子上题偶句的时期，红纸春联习俗尚未兴起，而且明代开国皇帝的事迹到清初才被一位普通文人所载，却不见于任何一本明代图书，这本身就不合常理，所以这副朱元璋春联只能以一则传说趣闻视之。

一般人家猪年用于大门的春联，大致要求清雅明快，吉祥喜庆，如：

六畜猪为首；

一年春占先。

狗岁已赢十段锦；

豕年更上一层楼。

景象承平开泰运；

金猪如意获丰财。

当然，也有追求滑稽另类的猪年春联，如这副借猪八戒来扣猪年的联语：

高老庄中称快婿；

天蓬府内是元戎。

春联中有一类干支联，就是把天干地支嵌入联首的春联，猪年的干支联如"乙亥年"：

乙木逢春，枝繁叶茂；

亥猪精养，体壮膘肥。

名家撰联，即使是春联，也大多会呈现出比较鲜明的个性。比如有"长联圣手"之称的清末四川江津人钟云舫（1847-1911），他的一副含有猪的春联，如同一大篇的牢骚文章：

      生成是穷骨头，这里帮忙，那里着急，四十年消磨精力，偏做了愁城怨府，恨海离山，嗟！嗟！嗟！为谁受苦担忧，五夜扪心，吾过矣，吾过矣；

      讲什么真手足，上不尽当，吃不完亏，一两下翻转面皮，便思量搏虎屠龙，烊猪烹狗，罢！罢！罢！从此卷旗收伞，再管闲事，天厌之，天厌之。

钟云舫这副联，抒写的是小我的愁肠，把自己的委屈心酸表达得淋漓尽致，率真之态如在眼前。郭沫若（1892-1978）在民国元年（壬子）的春节题写了一组春联，其中有一副：

埋狗屠猪，不失英雄本象；

超生度劫，何非释氏婆心。

这副春联拟屠户口吻，表达出风云变幻、战乱频仍年代中的思考——即便是从卑贱之业、掌生杀之事，也可以保持英雄本色，也可能怀着慈悲心肠。也就是英雄不论出身，乱世须有铁腕之意。

春联是最为贴近时政的文体，不同的时代自有不同内容的春联来反映，例如抗战期间，涉及猪的春联就有：

眼见牵羊，应晓自由可贵；

声闻缚豕，当知奴隶莫为。

旧时的居家春联，要求家里有门的地方全要有联，于是就有了一类"猪圈春联"，钟云舫的个人联集《振振堂联稿》中有六副这种"豚栅"联：

饱我贪饕，一恁揣肥瘠；

时其饥饱，未敢弃糟糠。

一朝宰我斯调鼎；

满望成汤奏割烹。

墨质每疑堆砚北；
白头休令笑辽东。

起履莫忘招入笠；
渡河谁与拜来风。

白蹢易占羵豕吉；
黑头人识艾豭归。

膏残尚觉牙鳌少；
脂尽无如肉食多。

春联以外，有些名家自抒性情或自题居室也有涉及猪的对联。明代山东章丘人李开先（1502-1568）在嘉靖年间出版的《中麓山人拙对》是中国第一部个人对联集，其中的"散联"表现了作者被贬归乡后闲适的田园生活，如：

牧豕青山口；
贩鱼古渡头。

归鸦更带牛羊下；
吠犬因惊鹿豕游。

另一位明代对联巨匠乔应甲（1559-1627）的《半九亭集》中，也有两副与猪有关的联语，题目分别是"适意"和"隐趣"：

木石与居鹿豕游，红尘不溜；
真率为情恬淡趣，白首常新。

花映草堂，行处渔樵不见；

鸟啼林径，坐中鹿豕相呼。

上述联语中的"鹿豕"一典出自《孟子·尽心上》："舜之居深山之中，与木石居，与鹿豕游，其所以异于深山之野人者，几希。"

清末湖北诗人王彭（1874-1940）的《观休室联语》中，有这样一副对联：

岂肯猪肝累高隐；

早知燕颔建奇功。

上联用的是《后汉书》中汉代高士闵贡"客居安邑，老病家贫，不能得肉，日买猪肝一片，屠者或不肯与，安邑令闻，敕吏常给焉。仲叔怪而问之，知，乃叹曰：'闵仲叔岂以口腹累安邑邪？'遂去"的故事，下联则用了《后汉书》中班超"生燕颔虎颈，飞而食肉，此万里侯相也"的典故。

清末民初浙江乐清名士刘之屏（1856-1923），筑室名"盗天庐"，戏题联曰：

箦盈箱满书仓饱；

牛健猪肥儿子灵。

除了上述名家自题自用的楹联，还有些作者在许多较为庄重的场合和建筑上，也题有与猪相关的联语，如安徽望江人倪文蔚（1823-1890）出任荆州知府，即在府署厅堂上题联：

问谁为倚马才，请试万言，断不吝阶前尺地；

愿相戒牧猪戏，习勤百甓，慎毋抛世上分阴。

上联用李白《与韩荆州书》的典故，既暗切地域，又表现了爱惜人才的胸怀。下联用陶侃的典故。《晋书·陶侃传》："侃在州无事，辄朝运百甓于斋外，暮运于斋内。人问其故，答曰：'吾方致力中原，过尔优

16

逸，恐不堪事。'其励志勤力，皆此类也。……侃性聪敏，勤于吏职，恭而近礼，爱好人伦。……常语人曰：'大禹圣者，乃惜寸阴，至于众人，当惜分阴，岂可逸游荒醉，生无益于时，死无闻于后，是自弃也。'诸参佐或以谈戏废事者，乃命取其酒器、蒱博之具，悉投之于江，吏将则加鞭扑，曰：'樗蒱者，牧猪奴戏耳！《老》《庄》浮华，非先王之法言，不可行也。君子当正其衣冠，摄其威仪，何有乱头养望自谓宏达邪！'"下联劝诫佐吏勿荒逸度日，当奋发向上，努力建功立业。陶侃任荆州刺史，荆州大治，所以有"陶荆州"之称。倪文蔚用此典故，也表达了以陶侃为榜样的情怀。

清末贵州联家刘韫良（1844-约1917），题贵阳白沙井土地祠联：

保尔一方，有室有家消雀角；

愿吾二老，无冬无夏享猪头。

上联的"雀角"代指狱讼和争吵，"消雀角"即为平安和谐的生活；"猪头"指土地庙里上供的祭品。联语读来轻松活泼，令人莞尔。

民国教育家陶行知（1891-1946），曾有题晓庄师范的对联：

和马牛羊鸡犬豕交朋友；

对稻粱菽麦黍稷下功夫。

联语体现了作者"社会即教育""生活即教育""教学做合一"的生活教育理念。

张荣培（1872-1947）是清末民初苏州著名诗人和楹联家，他有题苏州苏文公祠一联：

算一生谪宦居多，且漫夸桄榔杖、椰子酒、玉糁羹，身世慨浮沉，尚有花猪留供养；

论三苏文才独绝，试遍诵大江词、赤壁赋、海

17

外集，胸襟征旷达，应同华鹤识归来。

联语罗列了苏轼一生的际遇和创作，"尚有花猪留供养"应该是指苏轼《闻子由瘦（儋耳至难得肉食）》诗句："五日一见花猪肉，十日一遇黄鸡粥。"苏轼一生喜食猪肉，对猪肉的烹调也颇有心得，他在黄州曾戏作《猪肉颂》："净洗铛，少着水，柴头罨烟焰不起。待他自熟莫催他，火候足时他自美。黄州好猪肉，价贱如泥土。贵者不肯吃，贫者不解煮，早晨起来打两碗，饱得自家君莫管。"后世传名菜"东坡肉"即为其所创。

《对联话》载清末民初江苏武进人于定一（1875-1932）题四川餐馆的一副楹联，也用了东坡喜食猪肉的典实：

> 竹䭔花猪，春游好读坡仙赋；
> 莼鲈稻蟹，秋兴应题杜老诗。

餐馆联是行业联的一种，行业联是根据行业特点而专门创制的对联，社会上的千行百业都有各自的行业对联。部分行业联是长期悬挂的，而有些则是在春节期间集中使用的，称为行业春联，如前面讲到的郭沫若拟屠户口吻所拟的春联，可以作为行业春联来使用。

餐馆因为要经营肉食，所以与猪有关的酒店餐馆联数量不少，有些是从正面描写的，如：

> 佳酿醉倒毕吏部；
> 美豕饱食樊将军。

上联说的是东晋因好酒而出名的吏部郎毕卓，《晋书·毕卓传》载有他的名言："得酒满数百斛船，四时甘味置两头，右手持酒杯，左手持蟹螯，拍浮酒船中，便足了一生矣。"下联则是指在鸿门宴上被项羽赏了一只生猪腿（彘肩）的樊哙。《史记·项羽本纪》："项

18

王曰：'壮士，赐之卮酒。'则与斗卮酒。哙拜谢，起，立而饮之。项王曰：'赐之彘肩。'则与一生彘肩。樊哙覆其盾于地，加彘肩上，拔剑切而啖之。"

有些餐馆联则是用轻松调侃的语气来写的，如这副集菜名的对联：

坛炖猪肉热煎蛋；

锅贴鲤鱼凉拌鸡。

顺着餐馆行业联，我们可以上溯到它们的上游产业——猪肉屠宰户和猪肉店所用的行业联，钟云舫的个人联集《振振堂联稿》里就有四副猪肉铺的"猪案"联。市井中最常见的是屠宰业和肉店的行业联，如：

过门容大嚼；

入社要平分。

出宰要均分社肉；

成佛须放下屠刀。

联语分别用了"过屠门而大嚼""陈平分肉""放下屠刀，立地成佛"等典故，文辞典雅且生动有趣。这类行业联在现代仍偶然可见，但却直白了许多，如：

斤两不失一刀准；

肥瘦可匀千客夸。

任挑瘦选肥，指向哪里，割向哪里；

请依次排队，生人一般，熟人一般。

其他行业的对联，也偶有涉及猪的，如钟云舫有题砚店的行业联：

挖苔自我寻铜雀；

潦草何人辨墨猪。

铜雀瓦是制砚奇品，而"墨猪"为书法术语，出

19

自卫夫人《笔阵图》："善笔力者多骨，不善笔力者多肉。多骨微肉者，谓之筋书；多肉微骨者，谓之墨猪。"

"猪"甚至还可写入挽联。民国安徽怀宁人焦山（1879–1942）曾著有个人联集《适轩联语》，其中有"戊寅秋病中自挽"一联，正是作于抗日战争爆发后的1938年，联语曰：

东邻残暴，豕突狼奔，对兹亿万国殇，徒惭后死；

西学昌明，日新月异，迟我两三世纪，仍愿重来。

这副自挽联哀而不伤，既有对时局的悲愤，又不乏对美好新时代的向往。"猪"不仅可以用来自挽，还可以用以挽人，比如有这样一副"挽烟友"的谐讽联：

鸦片正相因，问君何故丢枪，遽骑瘦鹤；

龙潭原不远，愧我未亲扶枢，怕拉肥猪。

"枪"指的是"烟枪"，旧时代鸦片烟害了不少人的性命，而社会上乱象横生，绑架勒索之事司空见惯，下联中"拉肥猪"即绑票的俗称。联语寓愤慨于调侃，化酸楚为幽默。

因为猪特有的形象性情特点，谐讽联中用之甚多。如清代有个叫续立人的县令颇遭民众怨恨，于是有学子就编了这样一副联嘲讽之：

尊姓原来貂不足；

大名倒转豕而啼。

这副联采用缺隐辞格，即有意不说出要说的全部，只说前一部分，而把后一部分隐藏起来，让读者去体悟。《晋书·赵王伦传》有"貂不足，狗尾续"之语，上联隐其姓；《左传·庄公八年》有"豕人立而啼"之语，"人立"倒转即为"立人"，下联暗指其名。全联隐刺其人有如猪狗。

20

民国时期又有"嘲旧议员"和"讽公局"两联：

佳名从此称刚鬣；

异相于今美大头。

猪公、狗公，公然同理事，公心何在、公道何存，似此无公益闾里；

是局、非局，局出许多钱，局内者甘、局外者苦，何时了局颂升平。

上一联的"刚鬣"即为猪的别称，而"大头"也即银元，是嘲旧议员笨如猪、只认钱。公局是旧时代乡镇所设的仲裁调解机构，下一联采用"嵌名"和"反复"的辞格，讽刺公局只图捞钱，本是公益机构，反而成为乡里祸害。

嵌名联是谐巧类对联中的一个大类。旧时文人流行写嵌名"赠伎联"，曾有人赠"琴仙"一联：

琴心未许调司马；

仙骨何曾有媚猪。

上联用汉代司马相如弹《凤求凰》向卓文君表白的故事，下联用五代一个淫荡的妃子被赐号"媚猪"的故事，以"司马"对"媚猪"，偶对之工，令人拍案，整体上又刻画出一个非常端庄的艺伎的形象，确为巧构。

类于嵌名的还有集名的对联，分为集中药名、集词牌名等，20世纪80年代时，曾有集电影名联：

边塞烽火，深山探宝黄花岭；

羊城暗哨，虎穴追踪野猪林。

上下联各用三个当时的影片名，还算是比较工巧。古代还流行一种集俗语巧对，取两条不相干的俗语、谚语或歇后语，但放在一起却天然对偶，极为有趣，与猪有关的集俗语联如：

老鸦嫌猪黑；

乌龟笑鳖驼。

人怕出名猪怕壮；

火不烧山土不肥。

猪八戒扮姑娘——好歹不像；

武大郎攀杠子——上下都难。

口头巧对起源于西晋，宋代以后，由于笔记、野史、小说等载体十分发达，口头巧对的资料也很多。试举与猪有关的一则，如《聊斋志异》中有《乩仙》一篇，是以"猪血红泥地"这一俗语来对"羊脂白玉天"这一优美的诗句，文很短，不妨附后：

> 章丘米步云，善以乩卜。每同人雅集，辄召仙相与赓和。一日友人见天上微云，得句，请以属对，曰："羊脂白玉天。"乩批云："问城南老董。"众疑其妄。后以故偶适城南，至一处，土如丹砂，异之。见一叟牧豕其侧，因问之。叟曰："此猪血红泥地也。"忽忆乩词，大骇。问其姓，答云："我老董也。"属对不奇，而预知遇城南老董，斯亦神矣！

另外，民间还流传着很多巧联妙对的故事，比如有一则故事讲了一个吝啬鬼要开酒店，邀请秀才写对联，吝啬鬼说："对联要称赞我酿的酒好，做的醋酸，养的猪肥，又要祝我店中无鼠，人丁兴旺，少病多财。"秀才因为平时比较讨厌吝啬鬼，于是写一句念一句：

酿酒缸缸好，做醋坛坛酸；

养猪大如山，老鼠头头死。

另外还加了个横批："人多、病少、发财。"吝啬

鬼兴高采烈地贴出了对联和横批，却见行人个个读了捧腹大笑，原来秀才偷偷改换了对联与横批的点断方式，大家就都念成了：

酿酒缸缸好做醋，坛坛酸；

养猪大如山老鼠，头头死。

横批：人多病、少发财。

………………

　　新的一年里，会有各种难以预知的艰辛或欢乐在等待着我们，愿我们都有能力把生活的任何境遇转化为旷达的笑声，把生活的压力转化为前行的动力。当然，我们祈望"九州四海常无事，万岁千秋乐未央"，每个人的身心皆有归处，就像"家"给予我们的精神感受一样，平安，宁静，温暖，喜乐。

选自国家图书馆藏宋庆元六年（1200）浔
阳郡斋刻本《輶轩使者绝代语释别国方言》

猪年春联赏析

玉燕衔春，先将梦筑。
金豚拱福，正入门来。

一年伊始，春又归来。问春风："先归何处？"你看：那年时的燕子正衔着春色飞回！燕子营巢正忙，它要为自己筑个好梦呢！岁逢己亥，金猪送福。君试看：神州大地，宏开气象，千门万户，辞旧迎新。这可爱的金猪正带着万千福气拱门而入！此联上下以动物为对，玉燕多情，金猪多福，描绘了一幅鲜活的猪年春色图。

天降金豚，大业中兴歌盛世；
梦圆己亥，小康同醉说丰年。

岁值猪年，喜从天降！中华崛起，恰其时也。尽抒盛世豪情，同筹中兴大计，一种民族自豪感跃然纸上。己亥迎祥，巳兆丰穰，把杯同话小康春，给力共圆中国梦，不亦快哉！此联紧扣时代脉搏，以时代强音奏响了一支太平之曲！

幸福敲门猪拱户；
平安剪纸燕迎春。

家庭幸福、世界太平是人们最大的心愿和追求。用春联体现这种朴素、现实的愿望，营造欢乐祥和的气氛，乃题中应有之义。上联以己亥猪年点题，结合猪拱槽之憨态可掬形象，运用拟人手法，表现人们对新的一年幸福期盼之情，使之跃然纸上。下联同样运用拟人手法，结合燕子春天回归、燕尾似剪，以及民间过年剪窗花、贴窗花的习俗，寄托对世界安宁、国家太平的希望之情。由于意象丰满，运用了形象思维，故而使春联言简意丰，生动鲜活，不落窠白。

玉犬辞年春步近；
金猪送福笑颜多。

该联以2018狗年与2019猪年交接入笔，借两种生肖形象，运用拟人手法，突出表现人们迎春纳福的欣喜欢乐之情。上联写狗年过完，新春即到，春姑娘轻盈的脚步声已清晰可闻。一年之计在于春。春天给予人们无尽的遐想和希望，寄托了人们对未来的憧憬和向往。下联借猪肥壮、憨厚的富态形象，写猪年到来，会给人们带来幸福，带来富裕，带来欢乐。因为对美好生活的追求，永远是人们心中最大的梦想。玉犬、金猪之装饰，更显富丽堂皇，烘托了新春的喜庆氛围。

金猪勤拱富途畅；
玉燕高啼春意浓。

2019己亥年是猪年，憨态可掬的猪给人的印象就是肥壮和喜欢用鼻子拱地。猪的肥壮往往彰显丰裕富足。故而上联从这两点出发，写猪勤奋地拱开了一条道路，而这条是通往富裕的道路，被拱得畅通无阻。以此来表示对猪年的祝福和期冀。下联写春景，燕子归来，高声啼唱，营造了一派春意盎然的气氛。上下联结合来看，情景结合，写出了春天的喜悦和对来年的祝福。

大肚猪装财与富；
小康春布画和诗。

猪的形象就是胖胖的，拖着个大肚子。肚中装的何物？是财和富。这么写是因为胖胖的猪向来是富庶的代言，财与富，也正是我们所期盼的，期盼富裕的生活和富强的国度。猪满携财富而来，岂不令人欢欣？下联笔锋一转，写小康，建设全面小康社会是当前的奋斗目标，小康与春结合，则更充满了祥瑞和喜悦，春天寓示着万物复苏，花飞草长，故而说画与诗，也是可想象之景。联中"大""小"之对，亦算工巧。

有豕乃为家，家盈瑞气；
惟春多好日，日进斗金。

豕即猪也。"家"下有豕，从文字学角度来看，有豕就有了家。在远古时代，豕被认为是财富的象征，所以有豕为家，也就意味着家中富裕。上联因此寄寓着对富裕的追求。下联是说，"春"中多日，希望在新春佳日中能够日进斗金。

风乘十九大，宏开伟业；
步继五千年，迈向小康。

全联紧扣时势大局，从大处着眼。上联说全国人民乘十九大之东风，勠力同心，共同开创伟大的社会主义新时代。下联则说全国人民继承我国五千年的深厚历史文化，加快了迈向小康的脚步。

送犬迎豚，民歌大有；
腾龙跃马，国步小康。

上联写辞旧迎新之际，民众满怀对富足生活的期盼和喜悦之情，为歌之、为蹈之。大有：所有者大，所有者多，即丰收之年。下联拓开一笔，从"送犬迎豚"的岁时交替到"腾龙跃马"的逐梦情怀，表现出神州大地生机勃勃的发展气象。联语巧用动物名对，亦生动可喜。

柳绿桃红春布景；
猪肥羊壮福盈门。

上联用拟人手法，写春如有情，为大地布置出一幅色彩明丽的春色图；下联在这画景之中，添上人家烟火，以"猪肥羊壮"描写富裕生活，寄托富足期望。联语接地气，有温度，以朴质生动的笔调写出春光之美、农家之乐，于人家小院悬挂，亦称恰切。

玉燕双归春讯到；
金猪一拱富门开。

又是梅放柳舒莺飞草长的季节，成双成对的燕子，翩翩归来，带给人们春天的信息，更带给人们新年的希望。这新的一年便是猪年。在民间，猪年一直被认为是财富之年，更是平安之年。此联上联写春的景象，下联金猪拱开富门，则寄托了人们对富足生活的期盼。此联对仗工整，平仄协调，语言轻松明快，渲染了吉庆祥和的节日气氛。

酒祝元正和乐节；
花开己亥太平春。

春节到了，这是一个祥和安乐的节日。辛苦一年的人们，团聚在一起，把酒言欢，回首过往，畅谈未来。上联即描绘了这万家同乐的场景。如果说上联是特写，那么下联便是用长焦，来表现更广阔空间。百花争艳于春日，正是万象更新的太平年景。以己亥稳切年份。"元正"，指正月元日，两个字有时序的概念，故可与干支"己亥"形成对仗。

己亥春歌开放日；
嘉祥雪染富强图。

江山如画，岁月如歌。2018年是改革开放40周年，中国人民用勤劳和汗水在人类发展史上书写了国家和民族发展的壮丽史诗。上联仿佛展开着一幅波澜壮阔的画卷，下联则借漫天瑞雪描绘祖国盛世富强之图，民族自信心顿生心底。此联虽短，不输豪气，内容充实，颇可赏玩。

雪色生祥，春风兆瑞；
金猪备礼，老骥扶贫。

辞旧迎新，又是一年春好景。老话说"瑞雪兆丰年"，瑞雪昭示着的是丰收之年、祥瑞之年，富强之年。万物复苏，春风的脚步应约而来，带给千家万户新的希望、新的憧憬。上联由此入笔，下联则紧扣猪年，紧扣扶贫大计。金猪在新的一年给奋斗的人们准备了新的厚礼，砺人前行。在脱贫攻坚的主战场，一个个激情澎湃而铿锵可歌的扶贫故事又是那么温暖，那么可爱，在人们的心田回荡着铃声般的笑语。

犬印梅花，留来五福小康景；
莺啼序曲，唱响九州大治歌。

上联写玉犬辞岁而归，脚印像一朵朵梅花将五福和小康留给人间，肯定了一年来取得的成就。下联以"莺啼序"写春天带给人们对新一年的期待，并表达了热爱祖国和建设法治富强、和谐美好生活的自信。

紫燕衔泥，万户千门筑富梦；
金豚献瑞，五风十雨兆丰年。

此联由"紫燕衔泥"写春天到来，勤劳的人们与紫燕一样珍惜春天的好时光，构筑新一年的梦想。下联以"金豚"点明生肖，用"五风十雨"表现祥瑞升平的景象。全联文字通俗易懂，在展现春天景象和美好希望的同时表达了"勤劳致富"的主题思想。

运交己亥乾方健；
春到梅花香愈清。

在中国传统文化中，"运"是决定事物发展变化的重要因素。追求好运，是中国人朴素的精神寄托。按照《易经》的说法，"运"的变化与年月运会关系密切。而地支亥即位于八卦的乾卦宫位上。上联据此认为己亥年象征着中华民族处在"天行健，君子以自强不息"的运势上，实则寄托了对民族强盛的美好祝愿。而"梅花"则是中华民族坚贞不屈、凛然高洁的象征。下联以"梅花香愈清"寄寓对民族精神的赞颂，与上联互为映照，表达了国人共同的心声。

金猪跃锦程，民丰有象；
瑞雪铺新岁，国泰无虞。

在我国民间，猪是富足的象征，金猪则是财富的标志。上联以"金猪跃锦程"的生动场面，昭示人民生活的丰裕。而瑞雪在传统文化中，则是丰年的征兆。众所周知，民丰则国泰。下联即以"瑞雪铺新岁"之民丰，引出国泰无虞的判断，可谓自然而顺畅。

剪一纸拱门猪，吉祥入户；
唤几双衔泥燕，幸福筑巢。

肥猪拱门是传统窗花之一种，猪背上驮一聚宝盆，代表招财进宝，招"吉祥入户"，联语以此表达人们的美好期盼。燕子在春天归来，穿门入户，忙着筑巢。联想到人们一生辛勤，也是为了筑造一个以幸福为基的小窝。故下联将心比心，以祝福燕子安巢来表达国人的安巢之愿。家家和乐，如此方为太平之春。

万户心声催梦笔；
九州生气透梅花。

十九大后，国步更新。家家有梦想，千家万户的梦想汇成大国梦想。联语从梦联想到梦中彩笔，联想到彩笔绘宏图，祝福国家富强之心跃然纸上。下联化用龚自珍诗句，借梅花的绽放渲染九州的勃勃生机，萌动着春的脉搏。一个"透"字，以小见大。

春归梅萼柳梢上；
梦筑窗花福字中。

"且看梅萼开春风""春染柳梢黄"，上联撷取在诗词中早春最常见的两个意象，梅萼绽放，柳芽萌发，点明美好的春天已经翩翩而至。一个"归"字空灵生动，既将春天拟人化，又赞美了春风守信、春雨知时。下联中窗花、福字则洋溢着浓郁的春节民俗文化气息，"梦"于个人是美好祝愿，于家庭是幸福追求，于国家是伟大复兴，将"梦"筑在窗花和福字中，既展现浓浓年味，又寓意吉祥和美。

九域抒春，全面小康驰骥足；
万家追梦，核心价值点龙睛。

十九大报告中指出，从现在到二〇二〇年，是全面建成小康社会决胜期；二十四字核心价值观的确立，是实现民族复兴中国梦的点睛之笔和精神支柱。全联将政治题材巧妙地剪裁成联，又赋予春的气息和美好愿景。"骥足"与"龙睛""全面"与"核心"等对仗颇为工巧。

传统春联赏析

日暖池冰初破玉；
阳回庭柳遍垂金。

上下联均抓住具有初春特色的景物来着笔，上联描写的是池冰初融之景，下联描绘的是庭柳萌发之状。以池冰、庭柳之质感、颜色来作比喻，一拟为"玉"，一拟作"金"，不独形象，且有雍容富丽之气象，合于春节喜庆祥和的氛围。

风带莺声穿曲巷；
春移柳色度重帘。

上下联均写春景，上联写春天的代表性动物，从听觉着笔；下联写春天的代表性植物，从视觉着笔。"带"与"穿""移"与"度"四个动词用得极为灵动，使得整个画面活了起来，如闻莺声忽高忽低、忽长忽短，出于小巷深处；如见柳色随着日影移动到垂下的帘栊上来。"曲""重"两字愈见春光之无处不在，便居曲巷，便下重帘，耳畔眼前都是春。

层冰春破龙掀浪；
九泽阳回鹤舞云。

上下联表面上写的是春回大地之景象，其实通篇采用比兴手法，写贤人君子时至而亨通。联中所选取的意象"龙"非现实所有，"鹤"也不能常见，故着重在其象征意味。《周易·乾》有"潜龙，勿用""见龙在田，利见大人""飞龙在天，利见大人"，当春回大地，层冰初破之时，正是龙——也就是贤人大有作为的时候。《诗经·小雅·鹤鸣》有"鹤鸣于九皋，声闻于天"，表达"君子隐而显，微而明"之意。"龙"象征意义宽泛，作为华夏之隐喻，抑或作为生肖，皆可。

千门共贴宜春字；
万户同悬换岁符。

"宜春字"，指旧时新年"贴春字"风俗。《岁时广记》"贴春字"记载：《荆楚岁时记》记立春日，贴宜春字于门。王沂公《皇帝阁立春帖子》云："北陆凝阴尽，千门淑气新。年年金殿里，宝字贴宜春。""换岁符"指的是"桃符"习俗。《岁时广记》记载："桃符之制，以薄木版长二、三尺，大四、五寸，上画神像、狻猊、白潭之属，下书左郁垒、右神荼，或写春词，或书祝祷之语。岁旦则更之。"上下联均描绘千家万户的年节习俗，表现手法一致，这种相似度很高的语句的叠加，渲染出了春节热闹欢快的氛围。

日射金光开柳眼；
春催香气动兰心。

此联上下联均采用比喻、拟人手法写成，把柳叶喻为春之眼，兰花喻为春之心。早春初生的柳叶如人睡眼初展，所以形象地称为"柳眼"。如元稹《生春》诗有："何处生春早，春生柳眼中。"成语、诗句中用此词不胜枚举。但"日射金光开柳眼"一句宝相庄严，却为仅见。下联"兰心"可见高洁，虽动心而自有其格。"春日"之可爱可见一斑。

向暖黄莺歌碧柳；
乘时紫燕入乌衣。

此联上下联俱描绘春景，典故化用不落痕迹。上联用白居易《钱塘湖春行》"几处早莺争暖树"，生意盎然之景、轻松喜悦之情扑面而来。下联用刘禹锡《乌衣巷》"旧时王谢堂前燕，飞入寻常百姓家"，却无怀古之思、兴亡之叹，"乘时"两字写出了对大好春光的赞美。此联四个颜色字对得很漂亮。

梅花数朵传春信；
爆竹千声换岁华。

上联着笔于春天景物，下联着笔于年节习俗。"梅花数朵"，可见春早。"爆竹千声"，可见热闹。寥寥数字，新年气象扑面而来，意境与古人诗句"一夜春随爆竹来"相近。

酒饮屠苏人运泰；
时逢端始物华新。

上联写人，下联写物。古代风俗，于农历正月初一饮屠苏酒。《荆楚岁时记》："〔正月一日〕长幼悉正衣冠，以次拜贺。进椒柏酒，饮桃汤。进屠苏酒、胶牙饧……凡饮酒次第，从小起。""人运泰"表达了对新的一年的美好的祝愿。"端始"，即"履端于始"。《左传·文公元年》记载："先王之正时也，履端于始，举正于中，归余于终。"杜预注："步历之始，以为术之端首。"孔颖达疏："履，步也，谓推步历之初始，以为术历之端首。"年历的推算以正月初一为起点。《荆楚岁时记》："正月初一，是三元之日也。""元"，始。"三元"指岁之元、时之元、月之元。下联写的是正月初一是万象更新之时。

云汉路高，万丈龙文光射斗；
山居春早，一枝梅萼色穿帘。

上联写物华天宝，人杰地灵，用"丰城龙剑"之典，《晋书·张华传》："初，吴之未灭也，斗牛之间

36

常有紫气，……华曰：'是何祥也？'焕曰：'宝剑之精，上彻于天耳。'……焕到县，掘狱屋基，入地四丈余，得一石函，光气非常，中有双剑，并刻题，一曰龙泉，一曰太阿。其夕，斗牛间气不复见焉。……使人没水取之，不见剑，但见两龙各长数丈，蟠萦有文章，没者惧而反。"后喻出类拔萃之人或华美宝贵之物。如《滕王阁序》有："物华天宝，龙光射牛斗之墟。"下联写春景，"一枝梅萼"可见春光之早。郑谷改僧齐己《早梅》诗"昨夜数枝开"为"昨夜一枝开"足证之。

菽水承欢，堂上椿萱姿永茂；
篪埙迭奏，楼前花萼色长鲜。

这副春联从家族关系着笔。菽水：豆与水。语出《礼记·檀弓下》："子路曰：'伤哉，贫也！生无以为养，死无以为礼也。'孔子曰：'啜菽饮水，尽其欢，斯之谓孝。'"后常以"菽水"指晚辈对长辈的供养。《庄子·逍遥游》谓大椿长寿，后世因以椿称父。《诗经·卫风·伯兮》："焉得谖草，言树之背。"谖草，萱草。后世因以萱称母。椿、萱连用，代称父母。上联祝福父母长寿。《诗经·小雅·何人斯》："伯氏吹埙，仲氏吹篪。"伯、仲指兄弟排行的次第，伯是老大，仲是老二；埙指陶土烧制的乐器；篪指竹制的乐器。篪埙迭奏，赞美兄弟和睦。《诗经·小雅·常棣》："常棣之华，鄂不韡韡。凡今之人，莫如兄弟。"萼和花同生一枝，且有保护花瓣的作用，故后常以"花萼"比喻兄弟或兄弟间和睦友爱的情谊。下联祝福兄弟间情谊长存。

选自国家图书馆藏元刻本《太上感应篇》

狗年春联赏析

三万言书梦，梦兴万业；
十九大铺春，春满九州。——贵州　李扬林

党的十九大召开于2017年10月，作者选取这一事件作为春联的创作题材，符合春联时新喜庆的特征。上联以3.2万字长篇幅的十九大报告入手，并与中国梦发生联系，扣题紧密；下联是上联的拓展，重心落在春字上，形成宏阔大气的格局。值得一提的是，短短数言，应用了多个技巧，一是顶针技巧，再是同位重字技巧。

利剑倚天，练精兵劲旅；
长缨攥手，保国泰民安。——山西　赵耀景

此联以军队作为创作主题，造句看似平常，实则切题很紧，上下联内容上互相联系、互为因果，对仗上采用了当句自对的手法，在对联遣词造句上做到了庄重稳切，在对军队使命的描述上也拿捏得当，表意准确。

金砖掷地千钧诺；
丝路飞歌一带春。——河北　苗云泽

上联以厦门金砖国家峰会入手，强调中国对全球共同发展真诚守信的态度；下联以一带一路的战略成效，进一步证实上联立意的可靠性。联语时政感强，亦有春联的氛围，立意上经得起推敲，是为佳构。

北斗导航，一路春风，迈进新时代；
神州追梦，百年使命，迎接好未来。

——贵州　郑孝碧

上联"北斗导航"起句，既是某一科学成就的实录，亦是党和国家大政方针的虚写，颇具匠心。下联重写对未来的构想和期许，全联有强烈的时代递进感。

三农兴旺，营销可扫二维码；
百姓安康，社保全凭一卡通。——江苏 汪士延

作者抓住"二维码""一卡通"两个新事物，窥斑见豹，诠释农村气象。前沿的科技应用，已普及到了农村，说明中国农村已经发生了翻天覆地的变化。联语很接地气，人人能懂，通俗但不苍白，细品不乏蕴藉。

身有一能需报国；
心无百姓莫为官。——江西 朱眬眬

作者立足于公务人员创作此联，有规谏为国效忠、为民请命的意味，既可贴于家门为春联用，亦可挂于书房作座右铭。以个体映射全体，立意独特，富有启迪作用。就对联作法上看，联语简洁，对仗工整，用词稳健。

几段视频宽母念；
一杯年酒慰乡愁。——安徽 张国春

综观以上数联，可谓一联一个层面，一联一个群体。此联也不例外。它立足于普通民众，以远离家乡不能与亲人团聚的游子为创作对象，把对亲人的思念寄托在视频中，把自己的孤独浓缩在年酒中，联语有春联之要素，但并无春联之喜庆，即便如此，它写出了相当一部分平民百姓的切身感受，它代表着一个庞大的群体，这大概就是入选的最佳理由。

年历翻新藏竹叶；
春晖焕彩赏梅花。——江西 王胜

这是一副体现普通人家辞旧迎新的对联，竹叶与梅

花暗含鸡犬变替之意。读联恍见冰雪消融、春暖花开的景象，具有很典型的春联体式。除了描述季节的变换、春节的氛围，似乎未有加载更多的用意，保持了一种应景春联的纯粹性和实用性。

九州宠物今为犬；
一种图腾永是龙。——江西　钟宇

随着人们物质生活水平的日益提高，城乡都兴起养宠物热。作者抓住反映日常生活变化的细节，大而化之运用到犬年上，别有情趣。如果说上联意在表现民之和乐，那么下联则意在表现国之图强永远不变的属性。民与国内容上形成整体的大对仗，字面上形成工整的小对仗。

犬印梅花，向春天投稿；
燕衔福字，给中国拜年。——河南　曹文献

作者分别在上下联上用了一个拟人的修辞，使联语产生活泼、灵动的效果。全联春联色彩浓郁，喜庆氛围到位，观之心情轻松舒畅，非常契合人们佳节时的情绪和心理。不失为一副成功的春联作品。

春闻三吠，声声旺，家家旺；
梅放九州，处处红，岁岁红。——湖南　林清河

此联首先紧切主题，选取狗年新春的典型意象作为写作对象，突出春联的特色。上联写动物狗，重在拟声；下联写植物梅，重在描色。二是精选词语。选用"旺""红"作为联眼，增强了春节的吉祥、红火氛围。三是巧用修辞。运用对联常用的叠词（声声、家家、处处、岁岁）和复沓（旺、红）的修辞手法，

强化了旺气和红火之多、之广、之久，读来朗朗上口，且容易记住。

　　年味浓浓，床下翻出老酒；
　　心情好好，囊中塞满红包。——广西　麦明超

　　此联意象鲜明，选用老酒和红包作为核心意象，一老一新，一爽口一爽心；用词生动，尤其动词颇具画面感："翻出"，表现主人以久藏好酒迎春、待客的喜悦；"塞满"，暗示钱包收获满满，嘱托满满。

　　最香不过团圆饭；
　　大美何如烂漫春。——山东　王旭

　　此联聚焦精准，上联表现年味，下联表现春意。对仗精工，如"团圆""烂漫"相对，皆为叠韵词。用词精当："不过"极而言之，虽似无理，亦无可辩驳；"何如"语气改斩截而为商量，齐整之中有变化，避免了行文的板滞。

　　圆梦还须铺大道；
　　做人不可忘初心。——湖北　余建军

　　此为纯说理联。将时政词语作为联料，融入春联，语重心长，娓娓道来，较一般格言联更有时代气息，无流于口号和偏于质实的弊端，可谓有时代气息的春联佳作。

　　与天同大人民利；
　　比海更宽公仆心。——湖北　余合智

　　可作为领导干部从政箴言。运用比喻、夸张的修辞手法，语言形象生动。省略谓语动词，更加简洁，体现出作者运用语言的高超能力。

大计许千年，雄安崛起京津冀；
春风行万里，丝路联通欧亚非。——河北　张永辉
聚焦雄安新区和"一带一路"这两个时政大事，具有鲜明的时代气息。千年、万里，凸显了时间的长远和空间的广阔，增强了对联的张力。"京津冀""欧亚非"之对见工巧。

正气聚人气，平添福气；
廉风净世风，胜似春风。——福建　庄垂灿
聚焦精神文明和党风廉政建设。上联连用三个"气"字，下联连用三个"风"字，运用对联常用的复沓修辞手法，有回环往复之美，读来朗朗上口，极易流传。

美丽乡村，与春约会；
崭新时代，圆梦干杯。——湖南　吴广波
前分句皆以时新口号入联，然上联后分句运用拟人手法，增添了对联的生动性，读来不会感觉枯燥无味。八言对联的节奏也非常明快。

幸福那么多，小康焕彩；
复兴如此近，大地飞歌。——湖北　张俊华
以时新词语"小康""复兴"入联，有时代气息。"那么多"和"如此近"又有口语的亲切和顺畅。"小康""大地"的对偶也十分工巧。

背负行囊，带回收获带回梦；
人临村口，拥抱爷娘拥抱儿。——湖南　吴振奇

选题独特，视角对准打工者过年回家。名词"行囊""村口"，动词"带回""拥抱"，构成了一幅形象可感的画面。修辞上，运用对联常用的复沓手法，在感情上有层层递进之妙。

以上春联选自中央电视台、中国楹联学会、中国国家图书馆、中国书法家协会、中华诗词学会主办，央视网承办的第五届（2018戊戌狗年）全球春节春联征集活动评选的最佳春联，其中前十副为专业组最佳春联，后十副为大众组最佳春联。

福

选自国家图书馆藏宋刻本《五灯会元》

节令楹联

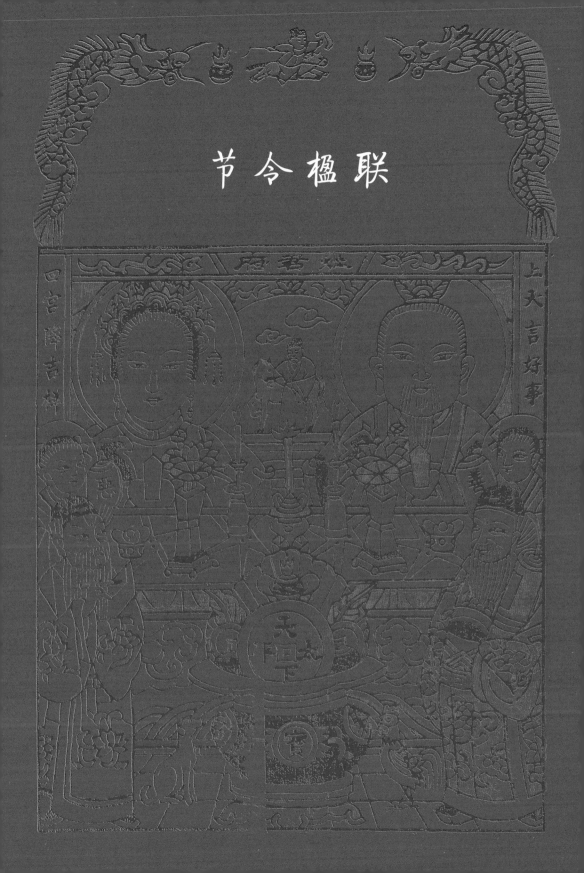

选自国家图书馆藏宋绍兴二年（1132）
王永从刻安吉州思溪法宝资福寺大藏本《大
唐西域记》

一月

日	一	二	三	四	五	六
		1 元旦	**2** 廿七	**3** 廿八	**4** 廿九	**5** 小寒
6 初一	**7** 初二	**8** 初三	**9** 三九	**10** 初五	**11** 初六	**12** 初七
13 腊八节	**14** 初九	**15** 初十	**16** 十一	**17** 十二	**18** 十三	**19** 十四
20 大寒	**21** 十六	**22** 十七	**23** 十八	**24** 十九	**25** 二十	**26** 廿一
27 廿二	**28** 小年	**29** 廿四	**30** 廿五	**31** 廿六		

选自国家图书馆藏明崇祯十六年（1643）海虞瞿式耜刻本
《牧斋初学集》

丁卯元日

[明] 钱谦益

一樽岁酒拜庭除，稚子牵衣慰屏居。
奉母犹欣餐有肉，占年更喜梦维鱼。
钩帘欲迂新巢燕，涤砚还疏旧著书。
旋了比邻鸡黍局，并无尘事到吾庐。

1月1日　元旦

一元复始三春泰；
九九来临五福香。

元阳开泰春风暖；
岁序更新瑞象生。

一年复始从头越；
万象更新任梦飞。

东风入律三朝静；
北斗回春万物芳。

九州把盏初元日；
四海同歌第一天。

重起一轮新日月；
再营四季好时光。

元旦就是一年的第一个早晨。《尔雅·释诂》："元，始也。"《玉篇》："旦，朝也。"后遂以"元旦"指一年的第一天，在古代指农历正月初一，也就是现在的"春节"。元旦是我国历史最悠久、最隆重的节日之一，最受人们重视。1911年辛亥革命后民国政府决定使用公历，元旦则指公历1月1日。中华人民共和国成立后，正式决定把公历1月1日称为"元旦"，而把农历正月初一叫作"春节"。现为国家法定节假日。

七言春日杼山寄李員外縱
南山唯與北山隣古寺連峯伴我身黄鶴有心多不
位白雲無事獨相親聞持竹錫深看水嬾縈麻衣出
見人欲撥幽芳聊贈遠邸官那賞石門春
七言酬泰山人贈別二首
知君高隱占賢星葉時卜注佛經姓名公題舊
里里秦君詩將贋句號新亭爐句來觀新月依清室欲
漱香泉護觶瓶我有主人江太守如何相伴住禪靈
江海為宣城守　常會禪靈寺
又
誰知臥疾不妨禪跡寄詩流性似偏葉示黄金童子

愛書題青字古人傳時高獨鶴來雲外每羨閒花在
眼前對此留君還欲別因思石瀨訪春泉
七言山居示靈澈上人
晴明路出山初暖行踏春蕪看茗歸乍削柳枝聊代
札時窺雲影學裁衣身開始覺躑名是心了方知苦
苦非外物宴中誰似我松聲草色共無機
七言遥和康錄事　李侍御萼小寒食夜重集
康氏園林
習家寒食會何頻應恐流芳不待人已愛治書詩句
逸更聞從事酒名新連蕪暗積承雙屨林花雷飛瀑
幅巾誰見柰園時節共還持綠茗賞殘春

选自国家图书馆藏清抄本《画上人集》

七言遥和康录事李侍御萼小寒食夜重集康氏园林

[唐] 释皎然

习家寒食会何频，应恐流芳不待人。
已爱治书诗句逸，更闻从事酒名新。
庭芜暗积承双履，林花雷飞瀑幅巾。
谁见柰园时节共，还持绿茗赏残春。

1月5日　小寒

阳历时刻：2019 年 1 月 5 日　23:39　星期六
阴历日期：冬月三十
一候雁北乡，二候鹊始巢，三候雉始雊（gòu）。

自觉阳回春不远；
应知雪落夜初寒。

冷风凝露窗沾梦；
寒夜经霜月盈心。

八腊凝寒，梅迎春意近；
百神赐暖，壤击鼓音遥。

雪舞严冬，岭上梅开蕊；
地萌阳气，枝间鹊筑巢。

"三九"是指冬至后的第三个"九天"，即冬至后的第
十九天至第二十七天。我国农历有"九九"的说法，用来计
算时令。计算的方法是从冬天的冬至日算起（从冬至开始称
"交九"，意思是寒冷的开始），每九天为一"九"，第一个
九天称"一九"，第二个九天为"二九"，以此类推，一直到
"九九"，即到第九个九天，数满八十一天为止。这时冬天已
过完，春天来到了。

風雪送餘運無妨時已和梅柳夾門植一
條有佳花我唱爾言得酒中適何多
未能明多少章山有奇歌

蠟日一首

已矣夫在昔余多師

自遺斯濫豈彼做（一作志）固窮夙所歸餒也

心深恨（一作念）蒙袂非嗟來何足吝吾徒沒空

四時一首

春水滿四澤夏雲多奇峯秋月揚明暉冬
嶺秀孤松（一作寒）

陶詩 三十三

擬古九首

榮榮窗下蘭（一作後悽）密密堂前柳初與君別
時不謂行當久出門萬里客中道逢嘉友
未言心相醉（一作解）不在接杯酒蘭枯（一作空）
柳亦衰送令此言負（一作身）多謝諸少
年相知不中（一作又）在排厚意氣傾人命離隔
復何有

选自国家图书馆藏宋绍熙三年（1129）曾集刻本《陶渊明诗》

蜡日一首

[晋] 陶渊明

风雪送余运，无妨时已和。
梅柳夹门植，一条有佳花。
我唱尔言得，酒中适何多！
未能明多少，章山有奇歌。

1月13日　腊八节

一缕粥香弥远近；
八方喜悦乐升平。

丰登同筑千家梦；
甜蜜先尝一碗香。

共惜岁华方入腊；
还欣烛影已含春。

好梦甜心歌盛世；
香粥益胃话丰年。

八宝香甜，熬成福乐；
三冬霜雪，融作和谐。

　　古代于腊月（农历十二月）祭祀祖先、百神。腊祭起初并无固定日期，直到南北朝佛教盛行后，因腊月八日是释迦牟尼佛的成道日，各寺皆举行浴佛会，于是将腊月祭日与佛教的仪式混合为一，定初八为祭祀日，后才有腊八的名称。各地多有腊八日吃粥的习俗。

接䍦倒戴時蟾蜍生海壖　小車倒戴時山翁歸天津
思鄭州陳知默因感其化去不得一識面
美物須絕代異人須不世定化生得成諒亦非容易
矚世耳可聞同時目能視陳子同時人奈何間諸耳
謝城南張氏四兄弟冒雪載醑酒見過
酒面生紅光客心喜何極半夜離天津陡岑寂
久旱幾遍冬川守新未得雁行聯鑣來佳雪遠盈尺
大寒吟
舊雪未及消新雪又擁戶堦前凍銀牀簷頭冰鍾
乳清日無光輝烈風正號怒人口各有舌言語不能

吐
和李審言龍圖大雪
萬樹瓊花一夜開都和天地色璫嬌嫦娥腹細鸞將
徹白玉堂深曲又催甕牖青生方挾策沙場甲士正
衙枚幽人骨瘦欲清損賴有時酒一盃
小車行
喜醉豋無千日酒惜春還有四時花小車行處人歡
喜滿洛城中都似家
依韻和浙憲任度支
宦路尋知已得真可堪輕負洛城春江湖相望三千

选自国家图书馆藏明刻本《伊川击壤集》

大寒吟

[宋] 邵雍

旧雪未及消，新雪又拥户。
阶前冻银床，檐头冰钟乳。
清日无光辉，烈风正号怒。
人口各有舌，言语不能吐。

1月20日　大寒

阳历时刻：2019年1月20日　17:00　星期日
阴历日期：十二月十五
一候鸡乳，二候征鸟厉疾，三候水泽腹坚。

大超物外笔能雅；
寒到尽头春自归。

天寒地冻严冬景；
雪映梅红腊月情。

冬夜将辞寒欲尽；
春风始盼叶初萌。

寒仍彻骨今称大；
年至尽头春欲新。

大雪映梅，霜冻岁将尽；
寒窗明志，冰积松更直。

已向街頭作燈市壘玉千絲似毬工剪羅萬眼人力窮
兩品爭新最先出不待三五迎東風兒郎種麥荷鋤倦
偷閒也向城中看酒壚博簺雜歌呼夜夜長如正月半
災傷不及什之三歲寒民氣如春酣儂家亦幸荒田少
始覺城中燈市好

祭竈詞

古傳臘月二十四竈君朝天欲言事雲車風馬小留連
家有盂盤豐典祀猪頭爛熱雙魚鮮豆沙甘松粉餌圓
男兒酌獻女兒避酹酒燒錢竈君喜婢子鬥爭君莫聞
猫犬觸穢君莫嗔送君醉飽登天門杓長杓短勿復云
乞取利市歸來分

口數粥行

家家臘月二十五淅米如珠和豆煮大杓轑鐺分口數
疫見聞香走無處鋤薑屑桂澆蔗糖滑甘無比勝黃粱
全家團欒罷晚飯在遠行人亦留分祿中孩子強教嘗
餘波徧沾獲與藏新元叶氣調玉燭天行已過來萬福
物無疵癘年穀熟長向臘殘分豆粥

爆竹行

歲朝爆竹傳自昔吳儂政用前五日食殘豆粥掃罷塵
截筒五尺煨以薪當間汗流火力透健僕取將仍疾走
兒童卻立避其鋒當呵一聲兩聲百鬼驚
三聲四聲鬼巢傾十聲百聲神道寧八方上下皆和平

选自国家图书馆藏清康熙二十七年（1688）顾氏依园刻本《石湖居士诗集》

祭灶词

[宋] 范成大

古传腊月二十四，灶君朝天欲言事。
云车风马小留连，家有杯盘丰典祀。
猪头烂热双鱼鲜，豆沙甘松粉饵圆。
男儿酌献女儿避，酹酒烧钱灶君喜。
婢子斗争君莫闻，猫犬触秽君莫嗔；
送君醉饱登天门，杓长杓短勿复云，
乞取利市归来分。

1月28日　小年

一岁光阴将耗尽；　　　糖瓜祭灶小康愿；
万家年货已齐全。　　　欢喜入怀大有年。

恭送灶君言好事；　　　祭灶接神，先清尘土；
细涂泥壁置新衣。　　　迎年纳岁，共剪窗花。

祭灶除尘先送旧；
剪花祈福好迎新。

　　农历十二月二十三日为"小年"（也有些地区以二十四日为"小年"）。当天晚上叫作"小节夜"或"小年夜"。古人认为小年标志着旧岁新年的更易，是"交年"。这天晚上有祭送灶神上天言事的风俗。小年将灶神送走后，腊月三十要"接灶"。

　　传统意义上的春节一般从小年开始。小年到春节，每天都有讲究：二十三糖瓜粘，二十四扫房子，二十五糊窗户，二十六炖大肉，二十七杀只鸡，二十八把面发，二十九贴道酉，三十晚上熬一宿，大年初一扭一扭。

福

佳联赏析

二月

日	一	二	三	四	五	六
					1 廿七	**2** 廿八
3 廿九	**4** 立春 除夕	**5** 春节	**6** 初二	**7** 初三	**8** 初四	**9** 初五
10 初六	**11** 初七	**12** 初八	**13** 初九	**14** 初十	**15** 十一	**16** 十二
17 十三	**18** 十四	**19** 雨水 元宵节	**20** 十六	**21** 十七	**22** 十八	**23** 十九
24 二十	**25** 廿一	**26** 廿二	**27** 廿三	**28** 廿四		

立春日酬錢員外曲江同行見贈
下直過春日垂鞭出禁闈　兩人攜手語十里看山歸　柳色早
黃淺水文新綠微　風光向晚好車馬近南稀　機盡笑相顧不
敬慕鷗鷺飛
和錢員外青龍寺上方望舊山
為寄此山文
秋思太白峯頭雪晴憶仙遊洞口雲　未報皇恩歸未得慙君
酬王十八見寄
辭還惆悵　不見金波照玉山
凡無如此地閒　皓色分明雙闕曉　清光深到九門關遙聞獨
秋月高懸空碧外　仙郎靜翫禁闈閒　歲中唯有今宵好海
懷禁中清景偶題是詩
八月十五日夜聞崔大員外翰林獨直對酒翫月因

山莫動北山文
舊峯松雪壬舊溪　悵望今朝遙屬君共道使臣非俗吏南
宴周皓大夫光福宅座上作
何處風光最可憐　妓堂階下砌臺前　軒車擁路光照地絲管
三日聲沸天綠蕙不香饒桂酒　櫻紅櫻無色讓花鈿野人不敢
求他事唯借泉殼聲伴醉眠
晚秋夜
碧石空溶溶月華靜　月裏愁人吊孤影　花開殘菊傍籬莱
下襄桐落寒井塞　鴻飛急驚覺鄰雞鳴遲知夜永疑情
不語空三所思風吹白露衣裳冷
惜牡丹花二首
惆悵階前紅牡丹　晚來唯有兩枝殘明朝風起應吹盡夜惜
襄紅把火看

选自国家图书馆藏宋绍兴杭州刻本《白氏文集》

立春日酬钱员外曲江同行见赠

[唐] 白居易

下直遇春日，垂鞭出禁闱。两人携手语，十里看山归。
柳色早黄浅，水文新绿微。风光向晚好，车马近南稀。
机尽笑相顾，不惊鸥鹭飞。

2月4日　立春

阳历时刻：2019年2月4日　11:14　星期一
阴历日期：十二月三十
一候东风解冻，二候蛰虫始振，三候鱼陟负冰。

一年愿景凭春立；
数九寒天随雪融。

春牛绿柳红花艳；
立马黄鹂紫燕鸣。

阳和地暖芽初立；
风软雨酥木自春。

送走严寒春驻脚；
滋荣沃土梦扬帆。

宜人澍雨依时落；
更岁春风逐日多。

起蛰和阳苏草木；
鞭牛响鼓醒春光。

选自国家图书馆藏年画《天官赐福》

2月4日　除夕

一团和气全家福；
彻夜开怀万众心。

门贴红联盈福喜；
杯斟绿蚁庆团圆。

一家守岁欣安泰；
九域聚屏唱首春。

守岁感恩辞旧岁；
迎春祝酒贺新春。

上网留言同祝福；
围炉置酒大团圆。

灯灿千家，九州贴福；
花明万树，四海归春。

　　除夕指农历年最后一天的晚上，也指一年的最后一天。亦称"除夜""岁除""大节夜""大年夜"。"除"是除旧布新的意思。除夕"一夜连双岁，五更分二年"。古人除夕终夜不睡，以待天明，叫作"守岁"。

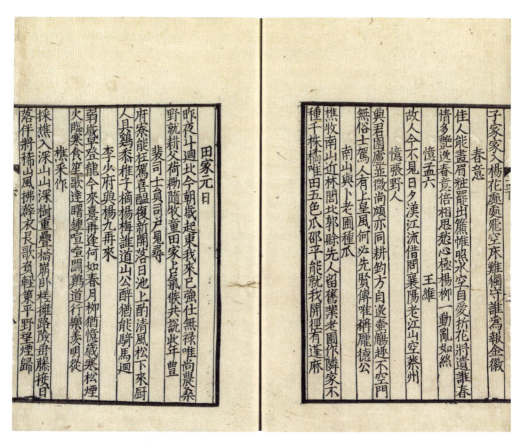

选自国家图书馆藏宋刻本《孟浩然诗集》

田家元日

[唐] 孟浩然

昨夜斗回北，今朝岁起东。
我来已强仕，无禄唯尚农。
桑野就耕父，荷锄随牧童。
田家占气候，共说此年丰。

2月5日 春节

万缕春风吹绿岸；
千门福字映红天。

生肖喜在今朝换；
春意早随瑞雪来。

开门遇到平安字；
入室生成福寿花。

春风缕缕人心暖；
节日欣欣福字红。

玉犬回眸福旺旺；
金猪兆瑞乐乎乎。

锦绣河山呈画卷；
光辉梦想寄春风。

传统节日之一。现在一般指农历正月初一，是一年中最隆重的节日。《史记》《汉书》称正月初一为"四始"（岁之始、月之始、日之始、时之始）和"三朝"（岁之朝、月之朝、日之朝）。一年伊始，万象更新，古人常在此时举行朝贺，从事各种娱乐，迎神祭祖，占卜气候，祈求丰收，逐渐形成内容丰富的新春佳节庆祝活动。传统上，从小年到元宵，都属新年范围。节日期间，人们穿新衣，外出拜年。此外，还有舞狮子、耍龙灯、踩高跷、逛花市、赏花灯等活动。

春节也是万家团圆、共享天伦的美好时分。游子归家，亲人团聚，朋友相会，表达亲情，畅叙友情，抒发乡情，其乐融融，喜气洋洋。中华民族自古以来就重视家庭，重视亲情，春节就是中国人深厚家庭情结的集中体现。

现为国家法定节假日。

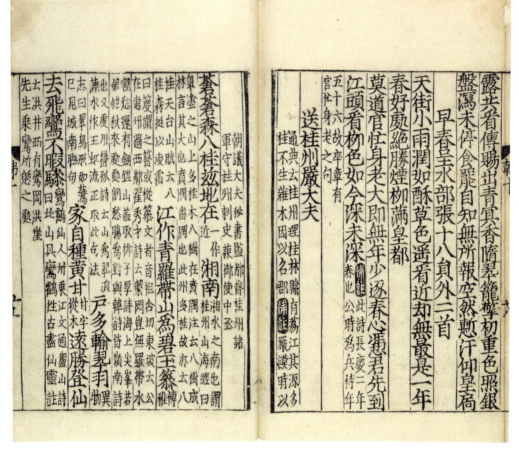

选自国家图书馆藏宋蜀刻本《昌黎先生文集》

早春呈水部张十八员外

[唐] 韩愈

天街小雨润如酥，草色遥看近却无。
最是一年春好处，绝胜烟柳满皇都。

2月19日　雨水

阳历时刻：2019年2月19日　07:04　星期二
阴历日期：正月十五
一候獭祭鱼，二候鸿雁来，三候草木萌动。

一犁春雨随风至；
万顷良田待梦苏。

有韵春风苏岸柳；
知时好雨润农田。

李花一树白如雪；
杏雨三朝红满山。

雨逐寒潮春转暖；
水滋清野物生华。

鶗鴂猶未就閒已作傷春皺　撲蝶西園隨

伴覓花浴花開漸解相思瘦破鏡重來人在否

章臺折盡青青柳
又京口得鄉書

雨後春容清更麗祇有離人幽恨終難洗北固

山前三面水碧瓊梳擁青螺髻　一紙鄉書來

萬里問我何年真箇成歸計回首送春拚一醉

東風吹破千行淚
又

蕺蕺無風花自堕寂寞園林柳老櫻桃過落日

有情還照坐山青一點橫雲破　路盡河回人

轉地繫纜漁村月暗孤燈火憑仗　飛蒐招楚些

我思召蘆君思戈
又密州上元

燈火錢塘三五夜明月如霜照見人如畫帳底

吹笙香吐麝更無一點塵隨馬　寂寞山城人

老也擊鼓吹簫却入農桑社火冷燈稀霜露下

昏昏雪意雲垂野　又微雪客有善吹笛擊鼓者方醉中有

人送昔寒詩求和遂以此答之

选自国家图书馆藏元延祐七年（1320）叶辰南阜书堂刻本《东坡乐府》

蝶恋花·密州上元

[宋] 苏轼

灯火钱塘三五夜，明月如霜，照见人如画。
帐底吹笙香吐麝，更无一点尘随马。
寂寞山城人老也！击鼓吹箫，却入农桑社。
火冷灯稀霜露下，昏昏雪意云垂野。

2月19日　元宵节

一笺字眼拆文虎；　　　千树银花飞宝地；
十里烟花吐火龙。　　　一轮圆月入霞觥。

九州响起太平鼓；　　　龙灯狮鼓笙箫夜；
百姓张罗团聚灯。　　　火树银花锦绣天。

九陌连灯灯似锦；　　　相思灯火阑珊处；
千门庆月月如盘。　　　回味汤圆甜蜜时。

　　传统节日之一。因于每年第一个月圆之夜——农历正月
十五晚上举行庆祝活动，故称为"元宵节"，亦称为"上元
节""灯节"，是古代春节庆祝活动的最后一个环节和重要组
成部分。当天，民间习惯通宵张灯，供人观赏，并有舞龙、舞
狮、踩高跷、跑旱船、猜灯谜等活动。更以吃元宵、年糕、饺
子等活动，象征阖家团圆、生活美满。

选自国家图书馆藏宋刻本《书苑菁华》

佳联赏析

三月

日	一	二	三	四	五	六
					1 廿五	2 廿六
3 廿七	4 廿八	5 廿九	6 惊蛰	7 初一	8 妇女节	9 初三
10 初四	11 初五	12 初六	13 初七	14 初八	15 初九	16 初十
17 十一	18 十二	19 十三	20 十四	21 春分	22 十六	23 十七
24 十八	25 十九	26 二十	27 廿一	28 廿二	29 廿三	30 廿四
31 廿五						

选自国家图书馆藏民国四年（1915）吴兴刘氏嘉业堂刻本《阆风集》

有怀正仲还雁峰诗

[宋] 舒岳祥

松声夜半如倾瀑，忆坐西斋共不眠。
一鼓轻雷惊蛰后，细筛微雨落梅天。
临流欲渡还休矣，送客归来始惘然。
掩卷有谁知此意，一窗新绿待啼鹃。

3月6日　惊蛰

阳历时刻：2019年3月6日　05:10　星期三
阴历日期：正月三十
一候桃始华，二候仓庚鸣，三候鹰化为鸠。

乍暖还寒带惊鼓；
酿红酝绿听蛰雷。

春雷滚滚龙蛇醒；
雨水频频草木荣。

寒冰渐化雷方震；
春步徐来梦始苏。

雷动九天惊海宇；
龙腾万里展风云。

晋察冀邊區抗聯會
關於紀念「三八」婦女節
對今後婦女工作的指示

今年「三八」節，正處在全邊區廣大群眾熱烈進行大規模生產動員的時期，各地紀念「三八」的主要內容，應該在發動與組織廣大婦女參加各種各樣的生產（家庭副業、手工業、家庭事務、補助農忙）初開展婦女群眾大會，各種副業生產座談會、勞動英雄、管家模範會議，婦女疾病治療方法及婦女衛生座談會等，進行深入的思想動員及組織動員，當此紀念「三八」婦女節之際，邊區抗聯會對今後婦女工作的方針與任務作如下指示：

一、組織大多數的婦女參加生產，從婦女積極參加家庭生產來提高婦女的家庭經濟地位。去年北嶽區組織婦女勞動互助（撥工組、生產上是有成績的）但領導上一般的執謂晨叶忽視家庭副業、手工業、家庭事務等勞動互助的團體的建立，却是一個缺憾，今後要把全體勞動的婦女都組織起來，必須要從家庭副業、手工業和家庭事務着手。婦女各種勞動互助組織的

选自国家图书馆藏1945年2月26日出版、晋察冀边区抗联会编《关于纪念"三八"妇女节对今后妇女工作的指示》

3月8日　妇女节

三月春光多妩媚；　　　明礼温情佳色丽；
八方巾帼俱欢腾。　　　睦邻敬老惠风和。

心善付出一世爱；　　　种美心中方寸地；
肩柔扛起半边天。　　　映红头上半边天。

母性柔情倾沃土；　　　为妻为母，自尊自爱；
和风哺物润禾苗。　　　做女做儿，至孝至仁。

　　为纪念1909年3月8日美国芝加哥女工罢工斗争，1910年8月在丹麦哥本哈根召开的第二次国际社会主义妇女代表大会正式确立3月8日为国际妇女节。我国在1924年正式举行群众性的"三八节"纪念活动。1949年12月23日颁布并施行的《全国年节及纪念日放假办法》（政务院令）明确规定3月8日为妇女节。

候館梅殘，溪橋柳細，草薰風暖搖征轡。離愁漸遠漸無窮，迢迢不斷如春水。寸寸柔腸，盈盈粉淚，樓高莫近危欄倚。平蕪盡處是春山，行人更在春山外。

二

雨霽風光，春分天氣。千花百卉爭明媚。畫梁新燕一雙雙，玉籠鸚鵡愁孤睡。薜荔依墻，莓苔滿地。青樓幾處歌聲麗。蔦然舊事上心來，無言斂皺眉山翠。

望江南

江南蝶，斜日一雙雙。身似何郎全傅粉，心如韓壽愛偷香。天賦與輕狂。　微雨後，薄翅膩煙光。縈伴遊蜂來小院，又隨飛絮過東墻。長是爲花忙。

減字木蘭花

一

留春不住，燕老鶯慵無覓處。説似殘春，一老應無却少人。風和月好，辦得黃金買笑。愛惜芳時，莫待無花空折枝。

选自国家图书馆藏宋庆元二年（1196）周必大刻本《欧阳文忠公集》

踏莎行

[宋] 欧阳修

雨霁风光，春分天气。千花百卉争明媚。
画梁新燕一双双，玉笼鹦鹉愁孤睡。
薜荔依墙，莓苔满地。青楼几处歌声丽。
蓦然旧事上心来，无言敛皱眉山翠。

3月21日　春分

阳历时刻：2019年3月21日　05:58　星期四
阴历日期：二月十五
一候玄鸟至，二候雷乃发声，三候始电。

三春已半均宵昼；
百刻犹先宠物华。

阳光舒适虫蜂舞；
昼夜平分草木萌。

春情夏意岂能辨；
月色日光一样多。

晨昏一线分南北；
阡陌三春入画图。

选自国家图书馆藏宋临安府太庙前尹家书籍铺刻本《续幽怪录》

佳联赏析

四月

日	一	二	三	四	五	六
	1 廿六	**2** 廿七	**3** 廿八	**4** 廿九	**5** 清明	**6** 初二
7 初三	**8** 初四	**9** 初五	**10** 初六	**11** 初七	**12** 初八	**13** 初九
14 初十	**15** 十一	**16** 十二	**17** 十三	**18** 十四	**19** 十五	**20** 谷雨
21 十七	**22** 十八	**23** 世界读书日	**24** 二十	**25** 廿一	**26** 廿二	**27** 廿三
28 廿四	**29** 廿五	**30** 廿六				

絕笑兒癡生活淡略無歲晚稻粱謀

游金牛洞題石壁上

仙翁舊游處琅琊韻曲至今有餘音玄鶴舞幽谷泉

真期我住歲晚芝田熟腰鐮從茲翁來簫雲跨飛鹿

淨行寺傍皆圩田毋爲潦漲所決民歲歲興築

患糧絕功輒不成

崩濤裂岸四三年落日寒煙正渺然空腹荷鋤那辦此

人功未至不闗天

袞山道中

虎嘯狐鳴苦竹叢魈魈驚終日走蒙茸松林斷處前山缺

又見南湖數十峰

花山村舍

潦退灘灘露沙虛岸岸頹澗聲穿竹去雲影過山來柳

菌粘枝住桑花共葉開菴廬少來往門巷濕蒼苔

清明日狸渡道中

灑灑沾巾雨披披側帽風花燃山色裏柳卧水聲中石

馬立當道紙鳶鳴半空墦間人散後烏鳥正西東

寒食客中有懷

江郭花開也寂寥不須綠暗與紅潤疾風甚雨過寒食

白日青春吟大招芳景尚隨流水去故人應作綵雲飄

煙波千里家何在惟有溪聲似晚潮

南塘寒食書事

选自国家图书馆藏清康熙二十七年（1688）顾氏依园刻本《石湖居士诗集》

清明日狸渡道中

[宋] 范大成

洒洒沾巾雨，披披侧帽风。
花燃山色里，柳卧水声中。
石马立当道，纸鸢鸣半空。
墦间人散后，乌鸟正西东。

4月5日　清明

阳历时刻：2019年4月5日　09:51　星期五
阴历日期：三月初一
一候桐始华，二候田鼠化为鹌，三候虹始见。

一缕清风同寄梦；
千秋明月倍思亲。

千里澄明同祭祖；
万家兴顺共思源。

户户腊团和蛋煮；
家家柔柳挂檐插。

清新时雨才滋绿；
明艳春光便泛红。

　　清明为二十四节气之一，在公历4月5日前后，也就是春分与谷雨之间。唐宋时期逐渐形成了清明扫墓、插柳、植树、踏青、斗草、打秋千、放风筝、游乐等习俗。今天，扫墓祭祖、踏青郊游的习俗仍然保留。现为国家法定节假日。

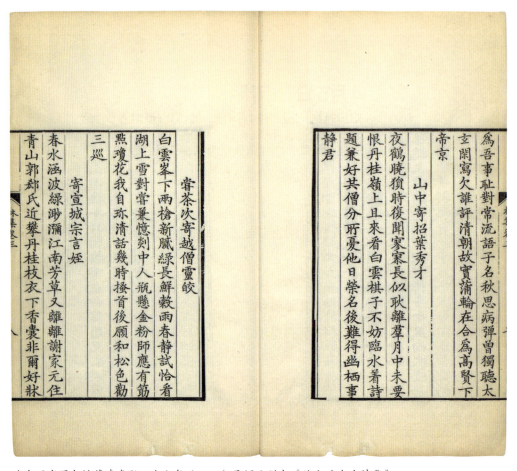

选自国家图书馆藏清康熙四十七年（1708）吴调元刻本《林和靖先生诗集》

尝茶次寄越僧灵皎

[宋] 林和靖

白云峰下两枪新，腻绿长鲜谷雨春。
静试恰看湖上雪，对尝兼忆剡中人。
瓶悬金粉师应有，筋点琼花我自珍。
清话几时搔首后，愿和松色劝三巡。

84

4月20日　谷雨

阳历时刻：2019年4月20日　16:55　星期六
阴历日期：三月十六
一候萍始生，二候鸣鸠拂其羽，三候戴胜降于桑。

节临九域三春满；
雨润千畴五谷丰。

布谷声声催布谷；
春风阵阵唤春风。

布谷催耕逢好雨；
甘霖洒地润新苗。

雨沐江山增秀丽；
风吹花树竞芬芳。

雨润茶香天渐暖；
耕深植茂夏初阳。

劍南詩槀　七

己未歲旦
七十六年將到時龍鍾猶復強支持寒燈照影
始知瘦薄酒作醒方覺衰春日尚能持冷麨花
時未礙插繁枝癡頑應有傷觀笑自課園丁補
槿籬

冬夜讀書示子聿
官途至老無餘俸貧悴還如筮仕初賴有一籌
勝富貴小兒讀遍舊藏書

又
易經獨不遭秦火字字皆如見聖人汝始弱齡
吾已耄要當致力各終身

又
古人學問無遺力少壯工夫老始成紙上得來
終覺淺絕知此事要躬行

又
簡斷編殘字欲無吾見不負乃翁書絕勝鎖向

劍南詩槀　卷之四二　汲古閣

选自国家图书馆藏明末毛氏汲古阁刻本《剑南诗稿》

冬夜读书示子聿

[宋] 陆游

古人学问无遗力，少壮工夫老始成。
纸上得来终觉浅，绝知此事要躬行。

4月23日　世界读书日

万径书山明月伴；　　　且向书中寻妙趣；
千帆学海惠风长。　　　还从学后获真知。

五洲共阅掀新页；　　　四壁图书敦夙好；
万卷盈香蔚大观。　　　满堂瑜瑾放奇光。

书可医愚常读取；　　　读科学书，心怀世界；
德能益智总潜修。　　　谋和平事，面向未来。

　　1995年联合国教科文组织确定每年4月23日为"世界图书和版权日"，习称世界读书日。世界读书日的主旨宣言为："希望散居在全球各地的人们，无论你是年老还是年轻，无论你是贫穷还是富有，无论你是患病还是健康，都能享受阅读带来的乐趣，都能尊重和感谢为人类文明作出巨大贡献的文学、文化、科学思想大师们，都能保护知识产权。"

选自国家图书馆藏宋刻本《刘梦得文集》

五月

日	一	二	三	四	五	六
			1 劳动节	**2** 廿八	**3** 廿九	**4** 青年节
5 初一	**6** 立夏	**7** 初三	**8** 初四	**9** 初五	**10** 初六	**11** 初七
12 初八	**13** 初九	**14** 初十	**15** 十一	**16** 十二	**17** 十三	**18** 十四
19 十五	**20** 十六	**21** 小满	**22** 十八	**23** 十九	**24** 二十	**25** 廿一
26 廿二	**27** 廿三	**28** 廿四	**29** 廿五	**30** 廿六	**31** 廿七	

5月4日是五四运动一百周年纪念日

中國共產黨中央委員會發佈紀念「五一」勞動節口號，全文如下：

（一）今年的五一勞動節，是中國人民走向全國勝利的日子。向中國人民的解放者中國人民解放軍全體將士致敬！慶祝各路人民解放軍的偉大勝利！

（二）今年的五一勞動節，是中國人民敵將介石走向滅亡的日子，蔣介石做偽總統，就是他快要上斷頭台的預兆。打到南京去，活捉偽總統將介石！

（三）今年的五一勞動節，是中國勞動人民和一切被壓迫人民的覺悟空前成熟的日子。慶祝全解放區和全國農民的土地改革工作的勝利和開展！慶祝全國青年和全國知識份子爭自由運動的前進！

2

（四）全國勞動人民團結起來，聯合全國知識份子、自由資產階級、各民主黨派、社會賢達和其他愛國份子，鞏固與擴大反對帝國主義、反對封建主義、反對官僚資本主義的統一戰綫，為着打倒蔣介石，建立新中國而共同奮鬥。

（五）各民主黨派、各人民團體、各社會賢達迅速召開政治協商會議，討論並實現召集人民代表大會，成立民主聯合政府！

（六）一切為着前綫的勝利。解放區的職工，爭更多更好的槍砲彈藥和其他軍用品供給前綫！解放區的後方工作人員，更好的組織支援前綫的工作！

（七）向解放區努力生產軍火的職工致敬！向解放區努力改進技術的工程師！恢復工礦交通的職工致敬！向解放區努力

选自国家图书馆藏1949年5月出版《五一劳动节口号》

5月1日　劳动节

丰盈硕果百千态；　　劳动铸成钢铁志；
劳动人民第一功。　　见识化作海洋怀。

五月太阳红似火；　　奋斗年华多奉献；
一心劳动亮如金。　　辛勤劳动最光荣。

　　每年5月1日为劳动节，全称国际劳动节。1889年法国巴黎召开的第二国际成立大会决定，1890年5月1日组织大规模的国际性游行示威运动，以便所有国家的劳动者在同一天要求执政当局从法律上把日工作时间限制在八小时以内，并把该日定为国际劳动节。中国工人阶级第一次大规模纪念"五一国际劳动节"的活动是在1920年，当时在北京、上海、广州、九江、唐山等地都举行了群众性的集会和示威游行。1921年中国共产党建立后，即在党的领导下开展纪念五一国际劳动节的活动。1949年12月23日，中央人民政府政务院通过全国统一节日时，规定5月1日为劳动节。现为国家法定节假日。

五四事件特刊

五四紀念日受傷同學後援會編行

踏着三千萬東北同胞的敵人用武器製成了的舞台，我們是否還在上邊演着爲仇者快親者痛的惡劇呢！！

郝龍作

选自国家图书馆藏1937年5月出版、五四纪念日受伤同学后援会编《五四事件特刊》

5月4日　青年节

年富力强开路者；
承前启后接班人。

青春点亮一团火；
梦想映红万里天。

兴邦愿做先锋队；
追梦甘为主力军。

梦想如诗腾浩气；
人生似火献青春。

青年应系国家事；
碧血当浇民族花。

　　每年5月4日为青年节。是中国青年的节日，也是纪念五四运动的节日。1919年5月4日爆发的五四运动，青年起到主力军和先锋队的作用。为使青年继承和发扬五四精神，1939年，在纪念五四运动20周年时，陕甘宁边区西北青年救国联合会将5月4日定为"中国青年节"，在革命根据地推广。1949年12月23日，中央人民政府政务院正式宣布将5月4日定为青年节。

　　2014年5月4日，习近平总书记在北京大学纪念五四运动95周年座谈会上指出，"五四精神体现了中国人民和中华民族近代以来追求的先进价值观。爱国、进步、民主、科学，都是我们今天依然应该坚守和践行的核心价值，不仅广大青年要坚守和践行，全社会都要坚守和践行"。社会主义核心价值观"传承着中国优秀传统文化的基因，寄托着近代以来中国人民上下求索、历经千辛万苦确立的理想和信念，也承载着我们每个人的美好愿景"，要求青年自觉践行社会主义核心价值观。

　　今年是五四运动一百周年。

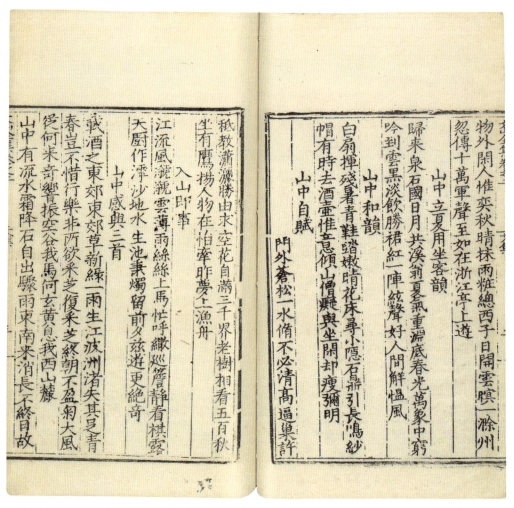

选自国家图书馆藏明嘉靖三十一年（1552）刻本《文山先生全集》

山中立夏用坐客韵

[宋] 文天祥

归来泉石国，日月共溪翁。夏气重渊底，春光万象中。
穷吟到云黑，淡饮胜裙红。一阵弦声好，人间解愠风。

94

5月6日　立夏

阳历时刻：2019年5月6日　03:03　星期一
阴历日期：四月初二
一候蝼蝈鸣，二候蚯蚓出，三候王瓜生。

天地始交春已尽；
暑炎将至夏来临。

半塘荷角蜻蜓立；
几树榴花蝴蝶飞。

春尽蛙歌红渐瘦；
荷尖蝶舞绿还肥。

烟雨深匀梅子绿；
琵琶轻覆楝花风。

野田早稻初抽穗；
蒲案老蚕正缀丝。

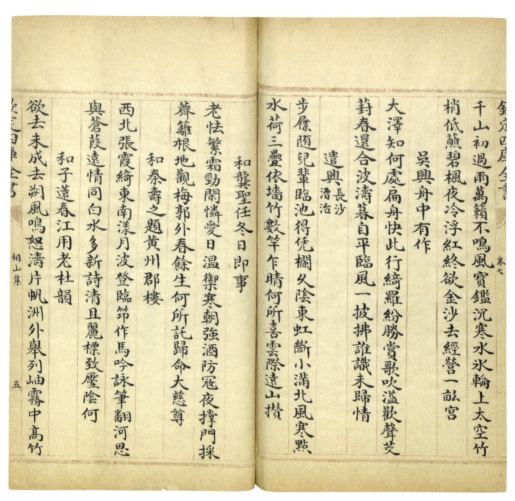

选自国家图书馆藏清乾隆翰林院抄本《相山集》

遣兴

[宋] 王之道

步屧随儿辈，临池得凭栏。久阴东虹断，小满北风寒。
点水荷三叠，依墙竹数竿。乍晴何所喜，云际远山攒。

5月21日　小满

阳历时刻：2019年5月21日　15:59　星期二
阴历日期：四月十七
一候苦菜秀，二候靡草死，三候麦秋至。

小窗明月清辉亮；
满目青山嫩叶新。

日气渐炎人度夏；
禾浆刚满麦知秋。

北岭风清茶木秀；
西江水暖稻花香。

麦子乳熟名小满；
雨濛时令好插秧。

苦菜飘香人忆昔；
麦浆饱满梦圆今。

选自国家图书馆藏元大德三年（1299）
广信书院刻本《稼轩长短句》

六月

日	一	二	三	四	五	六
						1 儿童节
2 廿九	**3** 初一	**4** 初二	**5** 初三	**6** 芒种	**7** 端午节	**8** 初六
9 初七	**10** 初八	**11** 初九	**12** 初十	**13** 十一	**14** 十二	**15** 十三
16 十四	**17** 十五	**18** 十六	**19** 十七	**20** 十八	**21** 夏至	**22** 二十
23 廿一	**24** 廿二	**25** 廿三	**26** 廿四	**27** 廿五	**28** 廿六	**29** 廿七
30 廿八						

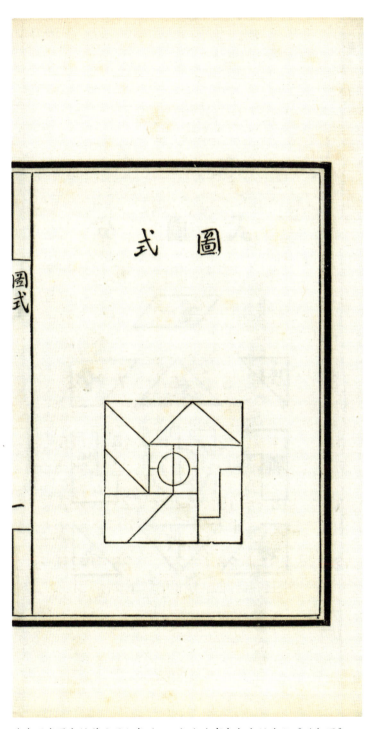

式圖

选自国家图书馆藏民国七年（1918）上海商务印书馆出版《益智图》

100

6月1日　儿童节

一代少儿滋雨壮；
满园花蕾向阳妍。

六月缤纷荷露角；
一园蓬勃树参天。

儿童节日天天是；
祖国花儿朵朵红。

朵朵花儿开稚梦；
弯弯月亮挂童谣。

　　1949年11月，国际民主妇女联合会在莫斯科召开理事会议。为悼念"二战"死难儿童，反对虐杀和毒害儿童，保障儿童的权利，会议决定以 "利迪策惨案"发生的6月的第一天为全世界儿童的节日，设立"国际儿童节"。我国政府在1949年12月23日颁布并施行的《全国年节及纪念日放假办法》（政务院令）中明确规定6月1日为儿童节。

剣南詩稾 一 汲古閣

夢千里遠水斜陽天四塾青史功名常蹭蹬白
頭襟抱足悲離山河未復胡塵暗一寸孤愁只
自知
新暑書事
城中五月汗霑衣吾愛吾廬喜氣微珍簟含風
來遠餉輕羅曡雪出鳴機艾人當戶佳時過筒
黍堆盤舊俗非漫欲題詩還嬾去老來百事與
心違　去歲葉正則餉斬篛得以禦暑今
　　　年蠶事僅得五六分遂辦暑服

劔南詩彙 一 卷之三十 汲古閣

桑柘成陰百草香繰車聲裏午風涼客來莫說
示客
固不窮擊壤歌虞唐
去勸我持一觴即今幸無事際海皆農桑野老
此一雨涼庭木集奇聲架藤發幽香鶯衣溼不
歌長老我成惰農永日付竹床衰髮短不櫛愛
時雨及芒種四野皆揷秧家家麥飯美處處菱
時雨

选自国家图书馆藏明末毛氏汲古阁刻本《剑南诗稿》

时雨

[宋] 陆游

时雨及芒种，四野皆插秧。家家麦饭美，处处菱歌长。老我成惰农，永日付竹床。
衰发短不栉，爱此一雨凉。庭木集奇声，架藤发幽香。莺衣湿不去，劝我持一觞。
即今幸无事，际海皆农桑。野老固不穷，击壤歌虞唐。

102

6月6日　芒种

阳历时刻：2019年6月6日　07:06　星期四
阴历日期：五月初四
一候螳螂生，二候鹏（jú）始鸣，三候反舌无声。

一年农事时时抢；
半秀青苗节节高。

人盼禾青花盼露；
地生草绿柳生烟。

乐在田畴铺景色；
欣看麦穗露锋芒。

连晴况在麦初熟；
仲夏犹开鹏始鸣。

沙岸蛙鸣瓜叶嫩；
梯田雨过麦芒长。

抢种抢收，稻麦之芒期岁稔；
且行且觅，螳螂之乐待蝉鸣。

疲連雲恩首蓿

夜雨

齒牙搖動鬢毛疎四壁蕭然臥峙廬急雨聲酣

戰叢竹孤燈焰短伴殘書壯心未減從戎日苦

學猶如覓舉初自笑堅頑誰得似同儕太半已

丘塘

乙卯重五

重五山村好榴花忽已繁粽包分兩鬓艾束著

山僧

窮居

論猶存似可憑聊向斯文圖不朽未甘粥飯學

縈斷角悠悠孤夢伴殘燈羸軀垂老噎焉往公

北窗八尺臥文藤夜雨生涼洗鬱蒸晨晨清愁

夏夜風極涼枕上口占

笑向杯盤

危冠舊俗方儲藥羸軀亦點丹日斜吾事畢一

选自国家图书馆藏明末汲古阁刻本《剑南诗稿》

乙卯重五

[宋] 陆游

重五山村好，榴花忽已繁。
粽包分两鬓，艾束著危冠。
旧俗方储药，羸躯亦点丹。
日斜吾事毕，一笑向杯盘。

6月7日　端午节

一曲离骚空万古；
三杯黄酒醉千家。

门前插艾思君子；
水上竞舟祭圣人。

九歌曲啭龙舟迅；
五月艾芳粽叶香。

艾草生香盈翠袖；
江声谱曲赋幽情。

千古粽香千古意；
九州恭祭九州情。

艾草菖蒲添瑞气；
雄黄烈酒散浓香。

　　传统节日之一，又称端阳节、粽子节、重五、重午节等，节期在农历五月初五。端午之名始于魏晋。端午本是仲夏月的第一个午日。南朝时加入了追悼屈原的民俗内容。传说爱国诗人屈原在五月五日投汨罗江而死，人们为了纪念他，形成了赛龙舟、吃粽子等习俗，提高了端午在中国节俗中的地位，端午成为民族大节。节日当天人们吃粽子、悬挂艾蒿、饮雄黄酒避瘟，并组织赛龙舟等活动。现为国家法定节假日。

选自国家图书馆藏清抄本《诚斋集》

和昌英叔夏至喜雨

[宋] 杨万里

清酣暑雨不缘求，犹似梅黄麦欲秋。
去岁如今禾半死，吾曹遍祷汗交流。
此生未用愠三已，一饱便应哦四休。
花外绿畦深没鹤，来看莫惜下邪侯。

6月21日　夏至

阳历时刻：2019年6月21日　23:54　星期五
阴历日期：五月十九
一候鹿角解，二候蜩（tiáo）始鸣，三候半夏生。

一树鸣蝉风寂寞；
千村梅雨水纵横。

夏日消寒天上雨；
至阳生暖地中风。

夏启亢阳长日至；
荷承喜雨淡香来。

桑枝蝉噪风犹热；
槐荫牛眠日最长。

昼夜平分天顺意；
东西两望梦关情。

阳极阴生，一抹水田滋半夏；
日炎暑酷，三时雨点值千金。

选自国家图书馆藏元后至元六年（1340）
庆元路儒学刻本《六经天文编》

七月

日	一	二	三	四	五	六
	1 建党纪念日	**2** 三十	**3** 初一	**4** 初二	**5** 初三	**6** 初四
7 小暑	**8** 初六	**9** 初七	**10** 初八	**11** 初九	**12** 初伏	**13** 十一
14 十二	**15** 十三	**16** 十四	**17** 十五	**18** 十六	**19** 十七	**20** 十八
21 十九	**22** 中伏	**23** 大暑	**24** 廿二	**25** 廿三	**26** 廿四	**27** 廿五
28 廿六	**29** 廿七	**30** 廿八	**31** 廿九			

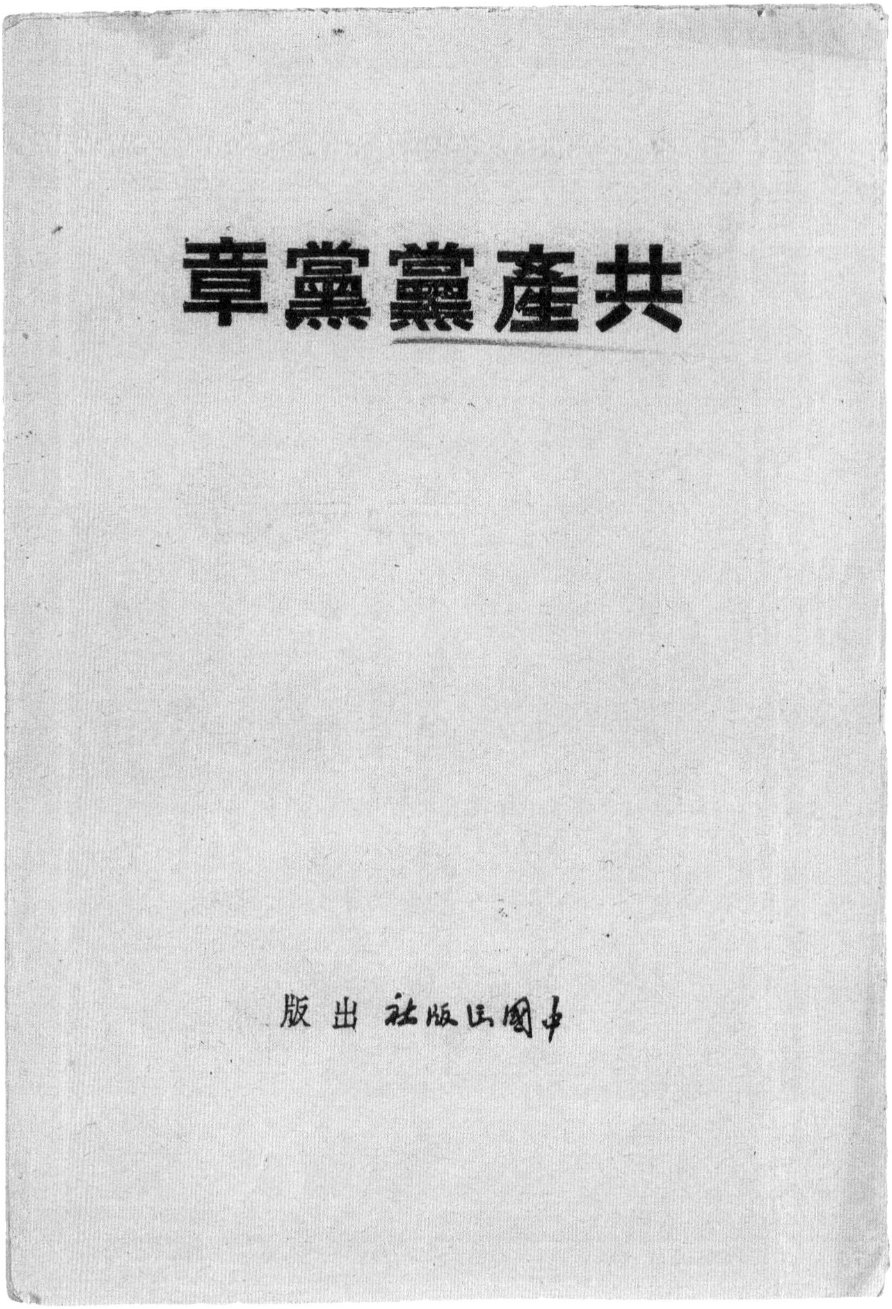

共產黨黨章

中國出版社出版

选自国家图书馆藏1938年8月中国出版社出版《共产党党章》

7月1日　建党纪念日

水面红船知旧梦；
鬓间白发证初心。

红船一棹明方向；
北斗千秋指航程。

右手握拳身许国；
初心给力梦扬帆。

红船载起共和国；
赤子捧来锦绣春。

四海风云腾正气；
九州日月鉴初心。

红船渡水南湖秀；
大业开基祖国兴。

　　每年7月1日为中国共产党建党纪念日。1921年7月下旬，中国共产党在上海召开第一次全国代表大会，宣布中国共产党正式成立。1941年中共中央在《关于中国共产党诞生二十周年、抗战四周年纪念指示》文件中，以中央的名义确定把第一次全国代表大会召开的7月份的第一天，即7月1日，作为中国共产党诞生的纪念日。

　　2016年7月1日，习近平总书记在庆祝中国共产党成立95周年大会上的讲话中阐述了中国共产党建立的意义及其伟大贡献："中国产生了共产党，这是开天辟地的大事变。这一开天辟地的大事变，深刻改变了近代以后中华民族发展的方向和进程，深刻改变了中国人民和中华民族的前途和命运，深刻改变了世界发展的趋势和格局。在95年波澜壮阔的历史进程中，中国共产党紧紧依靠人民，跨过一道又一道沟坎，取得一个又一个胜利，为中华民族作出了伟大历史贡献。"并指出："面向未来，面对挑战，全党同志一定要不忘初心、继续前进。"

　　2017年10月31日，习近平总书记带领中共中央政治局常委瞻仰上海中共一大会址和浙江嘉兴南湖红船，回顾建党历史，重温入党誓词，宣示新一届党中央领导集体的坚定政治信念。

　　红船精神：开天辟地、敢为人先的首创精神，坚定理想、百折不挠的奋斗精神，立党为公、忠诚为民的奉献精神。

龍興寺裏青雲翰后土祠中白雪葩五百年間城

郭攺空臼鴨脚伴瓊花

楊徐偕盜雄圖熾高呂陵夷霸氣闌猶有崌岡作

龍虎千秋原廟奉衣冠

題僧法芝鐘山詩後

明珠出袖四百罪座有煙霞草木香斷取鐘山擎

石掌剙知不下淨名床

復和定國惠竹皮枕龍句

老來山水與彌深不在長安俠少林它日只爲林

下計不將錦被作呻吟

和答曾敬之秘書見招能賦堂烹茶二首

玉泉吟鼎月醲輪姑射風標兩絕塵只欠何郎窩

畔雪戎葵爲我作餘春

一盌分來百越春玉溪小暑却宜人紅塵它日同

回首能賦堂中偶坐身

二首

守蒲過洛息十歲時侍先君寓居泣涕成詩

建春門外栁依依迸淚當年綵服嬉窮子更無逢

选自国家图书馆藏明崇祯八年（1635）刻本《济北晁先生鸡肋集》

和答曾敬之秘书见招能赋堂烹茶

[宋] 晁补之

一碗分来百越春，玉溪小暑却宜人。
红尘它日同回首，能赋堂中偶坐身。

7月7日　小暑

阳历时刻：2019年7月7日　17:20　星期日
阴历日期：六月初五
一候温风至，二候蟋蟀居宇，三候鹰始鸷。

小风吹拂心情爽；
暑气来临汗水流。

小心旱涝听雷雨；
暑日田畴护稻棉。

小雨伴惊雷，催天入伏；
暑云随闪电，令地出梅。

鹰翼初张，意惬雄风乘势起；
棉农不歇，汗浇沃土整枝忙。

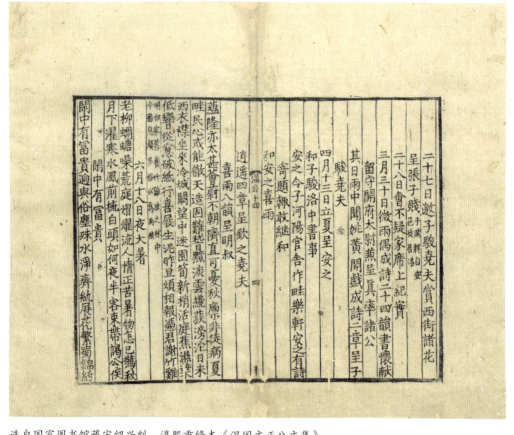

选自国家图书馆藏宋绍兴刻、淳熙重修本《温国文正公文集》

六月十八日夜大暑

[宋] 司马光

老柳蜩螗噪，荒庭熠燿流。人情正苦暑，物怎已惊秋。

月下濯寒水，风前梳白头。如何夜半客，束带谒公侯。

7月23日　大暑

阳历时刻：2019年7月23日　10:50　星期二
阴历日期：六月廿一
一候腐草为萤，二候土润溽暑，三候大雨时行。

大呼小喝雷声近；
暑往寒来时序新。

暑气炎炎犹至极；
蝉声阵阵未归凉。

金莲摇曳消暑气；
仙草爽食漾诗心。

燕雀惊鸣雷暴日；
秦淮小动夜行船。

立卧难熬，气和元本净；
憩忙皆热，心静自然凉。

　　"伏"表示阴气受阳气所迫藏伏地下。"三伏"是初伏、中伏和末伏的统称，出现在每年公历7月中旬到8月中旬。按我国农历气候规律，前人早有规定：夏至后第三个庚日开始为头伏（初伏），第四个庚日为中伏（二伏），立秋后第一个庚日为末伏（三伏），每伏共十天。有的年份"中伏"为二十天，则"三伏"共有四十天。

选自国家图书馆藏元致和元年（1328）
余氏勤有堂刻本《三辅黄图》

八月

日	一	二	三	四	五	六
				1 建军节	**2** 初二	**3** 初三
4 初四	**5** 初五	**6** 初六	**7** 初七	**8** 立秋	**9** 初九	**10** 初十
11 末伏	**12** 十二	**13** 十三	**14** 十四	**15** 十五	**16** 十六	**17** 十七
18 十八	**19** 十九	**20** 二十	**21** 廿一	**22** 廿二	**23** 处暑	**24** 廿四
25 廿五	**26** 廿六	**27** 廿七	**28** 廿八	**29** 廿九	**30** 初一	**31** 初二

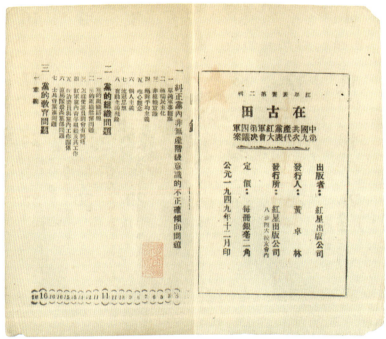

选自国家图书馆藏1949年12月红星出版公司出版《在古田：中国共产党红军第四军第九次代表大会决议案》

118

8月1日　建军节

一声枪响铭青史；　　工农义举风云涌；
九秩军威震昊天。　　湘赣军联天地新。

八月风腥思北斗；　　万里巡疆抒浩志；
一声枪响壮南昌。　　一心报国奉青春。

八方幸福皆康泰；　　丹心卫国江山固；
一世安宁莫忘之。　　碧血凝旗华夏兴。

　　每年8月1日为建军节，即中国人民解放军诞生纪念日。
1927年8月1日南昌起义，是中国共产党独立领导武装斗争和创
建革命军队的开始。1933年7月11日，中华苏维埃共和国临时
中央政府做出《关于"八一"纪念运动的决议》，规定每年8
月1日为中国工农红军建军纪念日。解放战争时期，中国共产
党领导的人民军队改称"中国人民解放军"。中华人民共和国
成立后，8月1日正式成为纪念中国人民解放军诞生的节日。

榮來自間羸賊賞曾通月滿珠藏海天晴鶴
在籠睟音如可寄願得隱橋東

和太常王卿秋日即事
嵩高雲日明潘嶽賦初成籬槿花無色堦桐
葉有聲絳紗垂簟淨白羽拂衣輕鴻鴈悲天
遠龜魚覺水清別絃添夢思牧馬動邊情田
雨農官問林風苑吏驚松篁終盛茂蓬艾自
衰榮遙仰憑軒夕惟應喜宋生

酬李叔度秋夜喜相遇因傷關東僚

友喪逝見贈
寒月照秋城秋風泉間鳴過時見蘭蕙獨夜
感衰榮酒散同移疾心悲似遠行以愚求作
友河德敢稱兄谷變波長急松枯藥未成恐
眷新鬢色怯問故人名野澤雲陰散荒原日
氣生羈飛本難定非是惡弦驚
人

代員將軍罷戰後歸舊里贈翔比故
結髮事疆場全生俱到鄉連雲防鐵嶺同日

选自国家图书馆藏明铜活字印本《卢纶集》

和太常王卿立秋日即事
[唐] 卢纶

嵩高云日明，潘岳赋初成。篱槿花无色，阶桐叶有声。
绛纱垂簟净，白羽拂衣轻。鸿雁悲天远，龟鱼觉水清。
别弦添梦思，牧马动边情。田雨农官问，林风苑吏惊。
松篁终盛茂，蓬艾自衰荣。遥仰凭轩夕，惟应喜宋生。

8月8日　立秋

阳历时刻：2019年8月8日　03:13　星期四
阴历日期：七月初八
一候凉风至，二候白露生，三候寒蝉鸣。

云遮暑气风中立；
月洒寒光雨后秋。

禾熟感时知露至；
火流易序说天凉。

立地赏花观彼岸；
秋风落叶下长安。

成熟硕果枝头挂；
浩荡金风垄上行。

空纳清辉秋色美；
窗推明月梦乡甜。

畝疆

故山空自擲當路竟誰知祇有經時策全無養拙

貧病深憐炎客炊晚信憔見謾欲陳風俗周官未

採詩

衣鳥破涼烟下人衝暮雨歸故園秋帅夢猶記綠

福地能容鏨玄關詎有扉靜息瓊版字閒洗鐵笴

微微

水影沈魚器鄰聲動緯車鷪輕捎墜葉蜂嬾臥燋

松陵集　卷之五　汲古閣

雲泉

蟬莫問鹽車駿誰看醬瓿玄黃金如可化相近買

強起披衣坐徐行處暑天上階來鬭雀移樹去驚

罘壇

竿白石堪爲飯青蘿好作冠幾時當斗柄同上步

禹穴奇編缺雷平異境殘靜吟封籙崦興削帆

桑麻

花說史評諸例論兵到百家明時如不用歸去種

选自国家图书馆藏明末毛氏汲古阁刻本《松陵集》

袭美见题郊居十首因次韵酬之以伸荣谢

[唐] 陆龟蒙

强起披衣坐，徐行处暑天。上阶来斗雀，移树去惊蝉。
莫问盐车骏，谁看酱瓿玄。黄金如可化，相近买云泉。

8月23日 处暑

阳历时刻：2019年8月23日 18:02 星期五
阴历日期：七月廿三
一候鹰乃祭鸟，二候天地始肃，三候禾乃登。

日恋云头难别暑；
风摇林杪正争秋。

处变不惊空气爽；
暑炎已退雨丝来。

气爽秋高风烈处；
暑消雨少叶红时。

垄上秋风徐给力；
田中暑气尚余威。

田里稻黄辉锦丽；
湖中荷碧溢清香。

金波稻海蓝天远；
银浪荷塘白月浮。

选自国家图书馆藏宋绍定三年（1230）
越州读书堂刻本《切韵指掌图》

九月

日	一	二	三	四	五	六
1 初三	**2** 初四	**3** 抗战胜利 纪念日	**4** 初六	**5** 初七	**6** 初八	**7** 初九
8 白露	**9** 十一	**10** 教师节	**11** 十三	**12** 十四	**13** 中秋节	**14** 十六
15 十七	**16** 十八	**17** 十九	**18** 二十	**19** 廿一	**20** 廿二	**21** 廿三
22 廿四	**23** 秋分	**24** 廿六	**25** 廿七	**26** 廿八	**27** 廿九	**28** 三十
29 初一	**30** 烈士纪念日					

历史上的拾讨，下午为王稼翔对十弊，批尔额。继来晚餐，狂嗛诬国军山……地卒部叱束。
余点章心踪苤为作为……小姐猪窜桁乃写。下晚归此钕止夜十时为未晚稿往……欹眠矣

廿七日乙亥 九月初一 星期一
阴雨亮日街宵，依时入馆，函书徵印签署……

金点附名乞涞丝……搭排未喙乐峻身，联合国统帅麦克沃筆及我国代表徐永昌甘畤日上午九时三十分止乐东凓未蘇里，军舰正式受降日本派来光梅津妙全権代……

阴雨亮日街宵，依时入馆，函书徵印签署……
晚至电

车婦夜小饮，后为外甘谨滞书大義
廿八日丙子 九月初二 星期二
阴时有雨夜乃起风特潶 依时入馆 午遑坚至
的何末降女彬……药帐时与予同偕出东电车婦

表代定天皇及軍部签署降书联合团统軍
与地摅闹纤僅此日本苕……一般国氏将两宫暫十暮……阅懺悔食锒箩……午迟纸张
公日饭文彬未出晬衍章與宫合洬

夜小饮……后雨对……甘谨添滞事与三国志甫子
的何末降女彬……药帐时与予同偕出东电车婦

阴时有雨夜乃起风特潶 依时入馆 午遑坚至

雨雪村止初慧訏叱哭束健知止揚渝中详报

9月3日　抗战胜利纪念日

十四秋英雄洒血；
万千名赤子捐躯。

烈烈英风扬正气；
铮铮铁骨卫中华。

凯歌齐奏立功处；
国耻勿留杀贼时。

梦醒卢沟寒月夜；
志凌霄汉血腥时。

莫忘石狮凝痛史；
还须热血筑长城。

　　每年9月3日是抗战胜利纪念日。建国初期，曾以8月15日为抗日战争胜利纪念日。1951年8月13日，中央人民政府政务院发布通告，规定以1945年9月2日日本政府签字投降后的9月3日为抗日战争胜利纪念日。2014年第十二届全国人大常委会第七次会议表决通过，正式以立法的形式将9月3日确定为中国人民抗日战争胜利纪念日。

　　2015年9月3日，习近平总书记在纪念中国人民抗日战争暨世界反法西斯战争胜利七十周年大会上发表重要讲话，指出："让我们共同铭记历史所启示的伟大真理：正义必胜！和平必胜！人民必胜！"

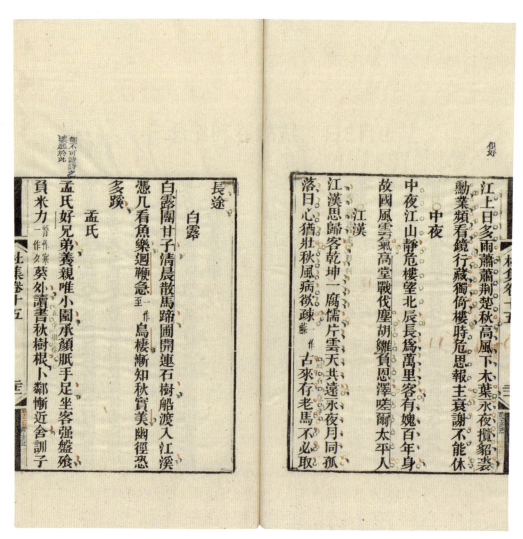

选自国家图书馆藏清光绪二年（1876）粤东翰墨园朱墨套印本《杜工部集》

白露

[唐] 杜甫

白露团甘子，清晨散马蹄。圃开连石树，船渡入江溪。

凭几看鱼乐，回鞭急鸟栖。渐知秋实美，幽径恐多蹊。

128

9月8日　白露

阳历时刻：2019年9月8日　06:17　星期日
阴历日期：八月初十
一候鸿雁来，二候玄鸟归，三候群鸟养羞。

白驹过隙日行快；
露水凝珠夜梦长。

白露凝霜读晓月；
黄云伴我爱秋书。

阶前草细凝珠露；
阁下风凉落桂花。

细雨催凉铺白露；
中秋邀月赏黄花。

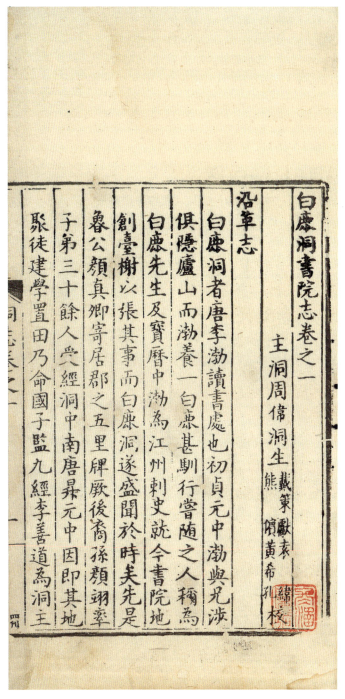

白鹿洞書院志卷之一

主洞周偉　洞生熊策　歙袁
　　　　　　　　　　頒黄希孔校

沿革志

白鹿洞者唐李渤讀書處也初貞元中渤與兄涉
俱隱廬山而渤養一白鹿甚馴行嘗隨之人稱為
白鹿先生及寶曆中渤為江州刺史就今書院地
創臺榭以張其事而白鹿洞遂盛聞於時矣先是
魯公顏真卿寄居郡之五里碑歐後裔孫顏翊率
子第三十餘人興經洞中南唐暴元中因即其地
聚徒建學置田乃命國子監九經李善道為洞主

洞志卷之一

四州

9月10日　教师节

珍惜光阴酬壮志；
拓开云路振雄风。

铸范陶模培学子；
言传身教育良材。

耿耿丹心施化雨；
莘莘学子沐春风。

师情系李桃，清风伴我；
教苑多才俊，厚德育人。

培桃育李勤施教；
启智解迷甘作师。

一片丹心，朱毫常伴三更月；
千声赞语，汗水能滋四有人。

　　我国自古即有尊师重教的传统。民国时期曾经以6月6日、8月27日为教师节。1985年，第六届全国人大常委会第九次会议通过了国务院关于设立教师节的议案，决定将每年的9月10日定为教师节。

八月十五日夜湓亭望月

[唐] 白居易

昔年八月十五夜，曲江池畔杏园边。
今年八月十五夜，湓浦沙头水馆前。
西北望乡何处是，东南见月几回圆。
临风一叹无人会，今夜清光似往年。

132

9月13日　中秋节

人就蟹黄勤劝酒；
花开月白更添诗。

千家月寄千家意；
万里人牵万里情。

万里清光辉宇内；
一杯醇酒喜团圆。

中天皓月生沧海；
秋夕凉风入璧田。

明月当空，团圆万户；
清风拂面，秀美千山。

传统节日之一。古代以七、八、九三个月为秋季，八月十五日正当秋季的中间，故称中秋。"一年明月今宵多"，古人认为这天晚上月亮最亮，是全家团圆赏月的佳节。故中秋节又称团圆节、月亮节等。古代，中秋节有祭月、赏月等活动，瓜果与月饼是中秋的节令食品，也是祭祀月神的供品。明朝开始以月饼为中秋特色食品及祭月供品。近代以后，随着中秋月亮信仰的淡化，传统的祭月、拜月活动消失，吃月饼、赏明月、家人团聚、亲友往来贺节成为节俗习惯。现为国家法定节假日。

暮山溪　夜月

霜清木落池面捲輕波瑩香冰一奩明鏡
脩篁拂檻踈翠晚婵娟山霧斂水雲收野闊江天迥
紅綃褪玉酒面風前醒羅幕
護寒錦屏空金爐香冷星横參昴梅徑月黄昏清夢
覺淺眉顰寒窓外横斜影

如夢令

花落鶯啼春暮陌上綠楊飛絮金鴨晚香寒人在洞房
深處無語無語葉上數聲踈雨

前調

門外落花流水日暖杜鵑聲碎著馬小屏風一枕畫堂
春睡如醉如醉正是困人天氣

點絳唇

金氣秋分風清露冷秋期半凉蟾光滿桂子飄香遠
素練寬衣仙仗明飛觀霓裳亂銀橋人散吹徹華琚

浣溪紗

樓閣簾垂乳燕飛圓花細乇點清溪薰風破悶晚凉時
玉軫琴邊蘭思遠霜紈扇裹翠眉低揀藍衫子闹蜂兒

清平樂

点绛唇

[宋] 谢逸

金气秋分，风清露冷秋期半。凉蟾光满，桂子飘香远。
素练宽衣，仙仗明飞观。霓裳乱，银桥人散，吹彻昭华琚。

9月23日　秋分

阳历时刻：2019年9月23日　15:50　星期一
阴历日期：八月廿五
一候雷始收声，二候蛰虫坯（péi）户，三候水始涸。

三农喜庆丰收节；
九域高歌大有年。

日月中分平昼夜；
家邦双庆大团圆。

北国秋山披彩锦；
神州大地庆丰年。

田野生金山舞火；
晚霞绽彩水流澄。

金风玉露待灵鹊；
夜雨晨桐迎凤鸾。

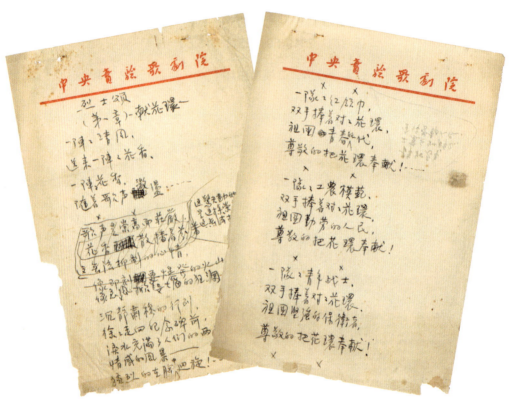

选自国家图书馆藏1956年塞克手稿《烈士颂：为首都烈士纪念碑作》

9月30日　烈士纪念日

无悔青春流热血；
再倾绿蚁奠忠魂。

正气丰功铭百世；
芳名热血勒千山。

英名灿灿存千古；
壮士煌煌化万星。

烈烈忠魂存浩气；
铮铮铁骨矗丰碑。

碧血丹心铭历史；
鲜花誓语祭英雄。

　　2014年第十二届全国人大常委会第十次会议表决通过，将人民英雄纪念碑的奠基日9月30日设立为烈士纪念日，每年9月30日国家举行纪念烈士活动，缅怀烈士功绩。

选自国家图书馆藏明嘉靖三十年（1551）
程焕刻本《程氏演繁露》

十月

日	一	二	三	四	五	六
	1 国庆节	**2** 初四	**3** 初五	**4** 初六	**5** 初七	
6 初八	**7** 重阳节	**8** 寒露	**9** 十一	**10** 十二	**11** 十三	**12** 十四
13 十五	**14** 十六	**15** 十七	**16** 十八	**17** 十九	**18** 二十	**19** 廿一
20 廿二	**21** 廿三	**22** 廿四	**23** 廿五	**24** 霜降	**25** 廿七	**26** 廿八
27 廿九	**28** 初一	**29** 初二	**30** 初三	**31** 初四		

10月1日是中华人民共和国成立七十周年国庆节

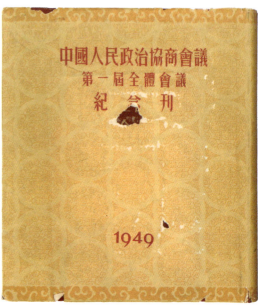

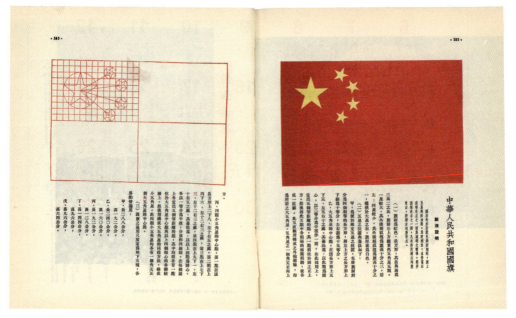

选自国家图书馆藏1950年出版《中国人民政治协商会议第一届全体会议纪念刊》

10月1日　国庆节

一代丰功昭日月；
千秋华诞颂江山。

十方黎庶盼千载；
一面红旗耀五星。

十里长街花似锦；
千年国运福胜春。

十月情浓，万方叠彩；
五星旗艳，九域飞红。

　　1949年12月，中央人民政府通过《关于中华人民共和国国庆日的决议》，规定每年10月1日为国庆日。从1950年起，国庆节期间北京和全国各地都要举行各种庆祝活动。现为国家法定节假日。

　　今年是中华人民共和国成立七十周年。

己酉岁九月九日一首

[晋] 陶渊明

靡靡秋已夕，凄凄风露交。蔓草不复荣，园木空自凋。
清气澄余滓，杳然天界高。哀蝉无归响，燕雁鸣云霄。
万化相寻绎，人生岂不劳？从古皆有没，念之中心焦。
何以称我情？浊酒且自陶。千载非所知，聊以永今朝。

10月7日　重阳节

几处登高倾菊酒；
谁家贺寿祝松年。

红萸盈手斜簪鬓；
紫菊浮觞漫咏章。

山上松涛摇客梦；
云间鹤语透乡音。

极目云天心境阔；
挚情亲友笑声甜。

竹杖不嫌夕阳老；
菊花最爱晚节香。

　　农历九月九日为重阳节，又称重九。"重阳"之名源于《易经》，以阳爻为九，故九为阳数，两九相重，称为"重九"；两阳相重，则为"重阳"。"重阳"在古代被认为是值得庆贺的吉利日子。汉魏时，重阳节已形成。每逢重阳，人们登高、赏菊、饮酒、佩戴茱萸，认为这样可以避邪祛恶。因为"九九"与"久久"同音，并且"九"在数字中又是最大数，所以"重阳"又有生命长久、健康长寿的寓意，重阳节在现代也成为祝寿节、老人节。

紅塵朝夜合　黄沙萬里昏　曠眹清㴱轉　蕭條過馬煩

自勉輓耕顧　征役去何言

送遠曲

北梁辭歡宴　南浦送佳人　方衢控龍馬　平路騁朱輪

瑀筵妙舞絕　桂席羽觴陳　白雲邛陵遠　山川時未因

一爲清吹激　㴱湲傷別巾

登山曲

天明開秀崿　瀾光媚碧堤　風盪翻鴛亂　雲行芳樹低

暮春服美遊　駕炎丹梯升　嶠旣小魯登　巒且悵齊

王孫尚遊衍　蕙艸芳萋萋

泛水曲

玉露沾翠葉　金風鳴素枝　罷遊平樂苑　泛鷁昆明池

旌旗散容裔　簫管作參差　日晚歷遴渚　採菱贈

清㴱百年如流水寸心寧共知

　右四曲闕三字

同沈右率諸公賦鼓吹曲名先成爲次

芳樹
　　　　沈右率　約

發萼九華崛　開跗寒露側　氛氲非一香　參差多異色

宿昔寒飈舉　摧殘不可識　霜雪交橫至　對之長歎息

當對酒
　　　　范通直　雲

謝宣城詩集卷二　　三　　拜經樓正本

芳树

[南朝] 沈约

发萼九华崛，开跗寒露侧。
氛氲非一香，参差多异色。
宿昔寒飚举，摧残不可识。
霜雪交横至，对之长叹息。

10月8日　寒露

阳历时刻：2019年10月8日　22:06　星期二
阴历日期：九月初十
一候鸿雁来宾，二候雀入大水为蛤，三候菊有黄华。

一岸青芦争湿露；
两行灰雁尽归南。

大火销金风入户；
寒潭刺骨渡寻桥。

月冷霜新秋正好；
枫红菊艳梦初圆。

红销翠减凝白露；
玉骨冰心沁秋寒。

冷雨敲窗秋菊淡；
残枫醉酒桂花香。

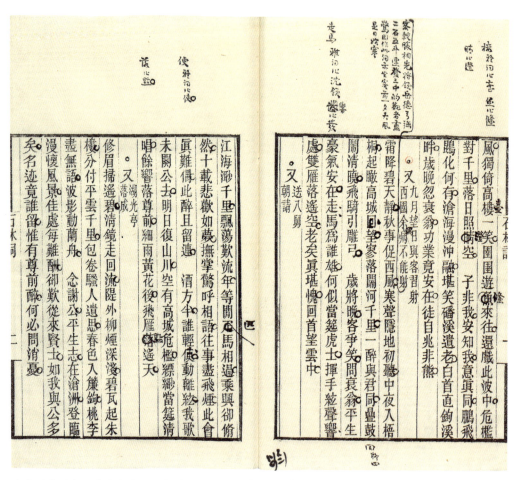

选自国家图书馆藏清光绪十四年（1888）刻本《石林词》

水调歌头·九月望日与客习射西园余偶病不能射

[宋] 叶梦得

霜降碧天静，秋事促西风。寒声隐地，初听中夜入梧桐。起瞰高城回望，
寥落关河千里，一醉与君同。叠鼓闹清晓，飞骑引雕弓。

岁将晚，客争笑，问衰翁。平生豪气安在，走马为谁雄。何似当筵虎士，
挥手弦声响处，双雁落遥空。老矣真堪愧，回首望云中。

146

10月24日　霜降

阳历时刻：2019年10月24日　01:20　星期四
阴历日期：九月廿六
一候豺乃祭兽，二候草木黄落，三候蛰虫咸俯。

半江晓雁回程急；
一夜秋霜着地轻。

西风吹面留斜影；
冷气袭天降晚霜。

初霜已现冬将至；
秋草方枯叶渐黄。

霜染寒山披彩锦；
风掀碧水荡清波。

选自国家图书馆藏元大德九年（1305）
无锡州学刻本《白虎通德论》

十一月

日	一	二	三	四	五	六
					1 初五	**2** 初六
3 初七	**4** 初八	**5** 初九	**6** 初十	**7** 十一	**8** 立冬	**9** 十三
10 十四	**11** 十五	**12** 十六	**13** 十七	**14** 十八	**15** 十九	**16** 二十
17 廿一	**18** 廿二	**19** 廿三	**20** 廿四	**21** 廿五	**22** 小雪	**23** 廿七
24 廿八	**25** 廿九	**26** 初一	**27** 初二	**28** 初三	**29** 初四	**30** 初五

佳联赏析

盡被西風一掃空

題煙竹圖

只疑無處著秋聲

楚山晴雨未分明淡鎖蒼筠曉更清渾是一江秋色染

憶窊石章氏女子

湖樹江雲隔杳冥千峰萬壑夢中青懸知茅屋孤燈下

逐字教兒讀孝經

題孟浩然圖

風吹吟帽不知寒款段羸奴凍亦頑縮項鯿魚無可釣

歸鞭遙指鹿門山

立冬即事二首

細雨生寒未有霜庭前木葉半青黃小春此去無多日

何處梅花一綻香

凄風浩蕩散茶煙小雨霏微濕座氈肯信今年寒信早

老夫布褐未裝綿

送客湖橋

赤葉岡頭送客行峰回路轉石橋橫小春天氣晴偏好

禾稼新收麥又耕

选自国家图书馆藏清乾隆武英殿活字印本《金渊集》

立冬即事

[元] 仇远

细雨生寒未有霜，庭前木叶半青黄。
小春此去无多日，何处梅花一绽香。
凄风浩荡散茶烟，小雨霏微湿座毡。
肯信今年寒信早，老夫布褐未装棉。

150

11月8日　立冬

阳历时刻： 2019年11月8日　01:25　星期五
阴历日期： 十月十二
一候水始冰，二候地始冻，三候雉入大水为蜃。

云淡天高山炫彩；
稻黄仓实酒飘香。

落叶飘零飘叶落；
寒山隐约隐山寒。

霜天长夜开晴野；
寒树冷风立早冬。

寒气迷空，白菊鸣冬初带紫；
清霜染树，苍苔沐雨却成红。

选自国家图书馆藏清嘉庆十二年（1807）塾南书舍刻本《春融堂集》

琐窗寒

[清] 王昶

断浦凝云，孤笛吹叶，吟肩微耸。江潮欲退，留得楚天云重。又随风、收帆围鼓，登登已破船窗梦。只征鸿队外，依稀如见，珠帘画栋。
遥空飞花送，问庐岳苍寒，悬流早冻。西林钟动，圆月清光未纵。听潇潇、吹遍残芦，此时拥鼻谁人共。喜多情、雀舌贻来，香茗资夜供。

11月22日　小雪

阳历时刻：2019年11月22日　22:59　星期五
阴历日期：十月廿六
一候虹藏不见，二候天气上升地气下降，三候闭塞而成冬。

早寓丰收占瑞象；
待留清白映红梅。

晚霞还借斜阳媚；
霜叶犹堪豆蔻娇。

凋零万木寒风里；
漫舞千山暮雪中。

绮梦流银山若幻；
玉峦落絮梦成欢。

朔风刚吐飞扬絮；
菊蕊犹含凛冽香。

霜田未辨琼花色；
梅朵新题麝墨香。

选自国家图书馆藏宋刻本《锦绣万花谷》

十二月

日	一	二	三	四	五	六
1 初六	**2** 初七	**3** 初八	**4** 国家宪法日	**5** 初十	**6** 十一	**7** 大雪
8 十三	**9** 十四	**10** 十五	**11** 十六	**12** 十七	**13** 国家公祭日	**14** 十九
15 二十	**16** 廿一	**17** 廿二	**18** 廿三	**19** 廿四	**20** 廿五	**21** 廿六
22 冬至	**23** 廿八	**24** 廿九	**25** 三十	**26** 初一	**27** 初二	**28** 初三
29 初四	**30** 初五	**31** 初六				

12月20日是澳门回归祖国二十周年纪念日

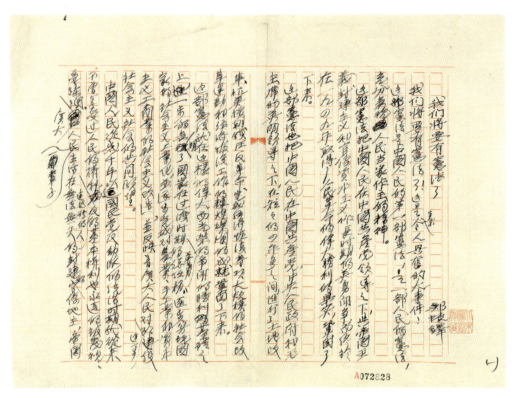

选自国家图书馆藏郑振铎手稿《我们将要有宪法了》

156

12月4日　国家宪法日

三尺法绳平似水；
千秋家国重如山。

圭臬在心安社稷；
廉明济世鉴春秋。

治国之权衡，重如社稷；
安邦之度量，晓诸人民。

重国情，律己宜携秋气；
基民意，待人须挟春风。

　　中国现行的宪法于1982年12月4日正式实施。2014年11月1日第十二届全国人大常委会第十一次会议通过决定，将12月4日设立为国家宪法日。国家通过多种形式开展宪法宣传教育活动，弘扬宪法精神，增强全社会的宪法意识。

　　习近平总书记在十九大报告中指出，要"加强宪法实施和监督，推进合宪性审查工作，维护宪法权威"。

　　现行宪法自实施以来，先后数次修改，最近一次是2018年3月。

選自國家圖書館藏明崇禎刻本《葛震甫詩集》

大雪日雪山阴余望之载酒寓斋适西方僧持潘献明书至

[明] 葛一龙

风声走檐壁，黙处何其寒。之子履冰泞，饷我林中餐。
是日大雪日，大雪飞长安。长安盛宫阙，嵯峨入云端。
光辉发朗曜，四照皆明玕。缟素后先到，共此旦夕欢。
传示故人语，秉烛洞肺肝。

佳联赏析

12月7日　大雪

阳历时刻： 2019年12月7日　18:19　星期六
阴历日期： 冬月十二
一候鹖鸥不鸣，二候虎始交，三候荔挺出。

大风吹雪梅花醒；
寒气入云松柏苍。

飞花更觉新年近；
归路犹期腊月闲。

丰年盛雪分三候；
近腊寒风濯一春。

短評

獎勵軍事技術發明

我們的軍事技術很差軍事工業也亟需建立。要提高軍事技術一方面固然要藉助於外國同時却也可以也應該在我國已有的技術基礎上利用已有的技術人才改造提高。如果國民政府能幫助各科學團體勵員科學人材在經濟上設備上和計劃上與以協助指導定能有驚人的成績。

此外如果能提高工人的積極性不但在生活上給以必要的保障還與以研究創造的便利和指導獎勵發明同樣會有迅速的優良的結果的。

河南正陽縣的一位鐵匠發明了輕便烈性炸彈，構製硬精，炸力甚大，當局已經接受了這個發明大批提製以應抗戰的急需（二十三日大公報）。這個發明實告訴我們，工人是時時刻刻在努力着增加抗戰力量而工作着的，他們雖然不在前線，可是並沒有忘記在自己的工作崗位上努力發明。這位鐵匠不過是一個例子，其他無名英雄一定還有很多，其他理沒着而沒有發展的機會的天才一定還有不少。技術的工人和工程師們看到道個民間發明的新聞應該與愬，應努力擬定獎勵隨時發明的條例，提倡發明，並且有計劃的將技術人村分派到各工廠去切實指導工人發明，同時希望實業部及實業界人考慮到如何在經濟及設置方面給工人以必要的便利。讓我們對這位鐵匠和為提高軍技循需努力的人們表示最大的敬意給以最大的鼓勵和協助。

人類共棄的敵軍暴行

敵軍的暴行不自最近開始，「九一八」前即已製造種種慘案，屠殺我民衆。「九一八」敵軍在我東北華北殘暴橫行已為世所共知，而沿京滬綫尤其是在南京城市的大屠殺，開了人類有史以來空前未有的血腥殘暴。敵軍的暴行完全證明了敵軍的毫無紀律和敵軍獸領的失却了控制力量，而敵軍獸領竟是公開承認了敵軍的獸行無法控制，但是這也不管公開承認了敵軍獸領的放任暴行。

敵軍的兇殘引起了全世界的憤怒仇恨。全人類都不願當幸災樂禍，五爭雄長，而是與科互輔助，相互慘促。

各列強更明白的認識敵軍之兇暴，「足使各列強為之震憾」，這個宣佈屠殺只有引起列強對日強硬和步調一致增強各列強對華的同情援助，對敵的有效制裁。

這種殘暴的恐怖屠殺，也將引起敵軍內部及侵略者主將正義愛好和平者的怨懟，和激起反侵略運動的高漲。道次不是賢察憲所能制止壓迫的。而且屠殺和恐怖也將引起敵軍內部的磨擦，「穩健派軍官現均深切了解，勸勉恢復軍紀」，「逃避實任陸軍方面」「更進一步的頹治」，敵軍想以大屠殺來威脅我民衆，但是這是絕對不能成功的。

黃帝子孫愛國同胞決不會因此恐懼屈服，只有更加憤覺國土之淪亡則自身之毀滅，而更加奮起，積極參加抗戰保衛國土保衛自身更為人類的生存世界的正義而戰。

國共兩驚領袖們最近所發佈的有歷史意義的文件，是賜鑒前戕賢時局的可喜的徵兆，共兩黨合作的加強是民族抗日力量加強的基礎。在這個基礎上願當聯合其他的黨派和團體組織佔全民族大多數的加強是民族抗日力量團結加強的基礎，建立軍事工業吸收他們參加鋼鐵殺佔全民族的向未組織的靈衆吸收他們參加鋼鐵殺佔全民族統一的國民革命軍和統一的國民政府，建立軍事工業清漢奸敵探托洛斯基團徒鞏固後方準備殲滅滅日寇的最後決戰。

《人类共弃的敌军暴行》，选自国家图书馆藏《群众》周刊1938年1月1日第1卷第4期

12月13日　国家公祭日

含悲五岳铭公祭；
动色三山撞警钟。

江水难平千古恨；
钟山不忘百年羞。

国耻铭心成痛史；
巨龙追梦发强音。

国家公祭寻根远；
民族自豪放眼长。

　　1937年12月13日，侵华日军在中国南京开始对我同胞实施长达40多天惨绝人寰的大屠杀，制造了震惊中外的南京大屠杀惨案，30多万人惨遭杀戮。2014年第十二届全国人大常委会第七次会议表决通过，将12月13日确定为南京大屠杀死难者国家公祭日。每年12月13日国家举行公祭活动，悼念南京大屠杀死难者和所有在日本帝国主义侵华战争期间惨遭日本侵略者杀戮的死难者。

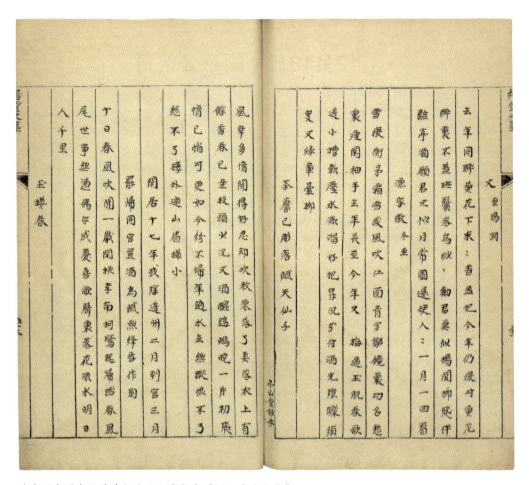

选自国家图书馆藏清赵氏小山堂抄本《缙云先生文集》

渔家傲·冬至

[宋] 冯时行

云覆衡茅霜雪后，风吹江面青罗皱，镜里功名愁里瘦。闲袖手。去年长至今年又。

梅逼玉肌春欲透，小槽新压冰澌溜，好把升沉分付酒。光阴骤。须臾又绿章台柳。

12月22日　冬至

阳历时刻：2019年12月22日　12:20　星期日
阴历日期：冬月廿七
一候蚯蚓结，二候麋角解，三候水泉动。

无边冬夜随时尽；
始发初阳与日升。

白雪飞花春不远；
黄云取麦岁长丰。

雪霁江寒冬至夜；
风疏水暖日归时。

银装素裹妖娆景；
玉彻冰雕锦绣冬。

选自国家图书馆藏宋刻本《刘文房集》